川端康成

Kawabata Yasunari

彩虹几度

虹いくたび

孔宪科——译

上海译文出版社

目　录

冬天的彩虹

一

麻子看见琵琶湖对岸出现了彩虹。

列车驶过彦根，奔驰在彦根与米原之间。时值岁暮，车厢里空荡荡的。

彩虹是什么时候出现的呢？好像突然浮现在麻子隔窗眺望的湖水上空似的。

麻子面前的一个男人也发现了彩虹，说："小千惠子，小千惠子！彩虹，彩虹，瞧，出彩虹了！"边说边把婴儿抱向窗前。

麻子从京都起就和这个男人对坐在四人座的座位上。他带着婴儿，实际上是三个人。

麻子靠窗坐着。男人坐在通道一侧的座位上，当列车驶过东山的隧道，男人便让婴儿躺在座位上，把膝盖当作枕头。

"有点高。"

男人嘟哝了一句，把大衣叠了起来。

能叠成婴儿的褥子形吗？麻子有些担心。可是，男人叠得很好。

他把大衣铺在下面，以膝盖为枕的高度大体可以了。婴儿包在柔软的花毛毯里，不断摇晃着手臂，仰视着父亲。

麻子在乘车之前就看见这个男人似乎是独自抱着婴儿旅行的。在相对而坐的时候，麻子想，或许能帮他做点什么吧。

男人把婴儿面向彩虹抱着，对麻子说："冬天的彩虹很少见啊。"

"是吗？"

由于搭话来得突然，麻子一时不知如何回答。

"不，不是，也并不少见。"男人又自己否定了，"已经见到米原了。从米原划分的北陆线——那时候和现在相反，是从金泽经米原到京都去，可也在火车上见过几次彩虹。北陆线彩虹可真多。都是小巧可爱的。出了隧道，见到大海，那小山上的彩虹真像是横跨在山冈和海滨之上呢。那是在三四年前，忘记是几月了，但金泽细雪纷飞，天很冷，是个冬天。"

麻子想，那时，这个人也是抱着婴儿旅行的吧。

但是她忽然又醒悟过来，三四年前这个孩子还没出生呢。麻子不由含笑说道：

"不过，看到彩虹，感到好像是春夏季节呢。"

"是的，那不是冬天的颜色啊。"

"你也是从米原去金泽吗？"

"你问今天？"

“是的。”

“今天回东京。”

婴儿两手按在车窗玻璃上。

“婴儿懂彩虹吗？让她看……”

麻子说。她刚才就有这个疑问。

“嗯——怎么说呢？”

男人也想了想。

“不懂吧。肯定不懂。”

“她能看到吧。”

“也许能看到。可是——婴儿是不看远处东西的，看了也不在意。没有必要看。对这样的婴儿来说，遥远的空间和遥远的时间都是不存在的。”

“出生已经……”

“满九个月了。”男人明确地回答后，把婴儿朝自己这边抱着说道，“有位大姐姐说，让小千惠子看彩虹不行。”

“哟，不行？那……这么小就让父亲抱着坐火车，看彩虹，我看是很幸福的。”

“这孩子是记不得的。”

“父亲记着，告诉她，那也可以啊。”

“好吧。这孩子大了以后，倒是会常经过东海道的。”

婴儿看见麻子，笑了。

“可是，这孩子无论多少次经过东海道，能否第二次看到琵琶湖上的彩虹，那就不得而知了。”男人继续说道：

“你说幸福，我也有点同感。我想，我们大人年末看见大彩虹，来年该是个好年，幸福要来了。”

“是的。”麻子也是这么想的。

麻子看着彩虹，心飞到湖对面的彩虹那边，似乎想要到那彩虹之国去。现实地说，是想到出现彩虹的对岸去旅行。麻子也时常坐火车经过这里，但是从未想过琵琶湖对岸的事。东海道线的旅客很多，然而到对岸去的人很少。

彩虹悬在湖面偏右处。麻子感到列车好像是向着彩虹驶去似的。

“湖岸这一带，油菜和紫云英田地很多，在春花盛开时节出现彩虹，会有一种幸福感。”男人说。

“真的很美呀。”麻子答道。

“可是，冬天的彩虹有点瘆人。热带的花在寒带开放，真有些像废王之恋呢。也许因为彩虹下端猛然断开……”

正如男人所说的那样，彩虹从根部断开了。只露着下端，上端由于云彩遮掩而消失了。

湖面上空彤云密布。那云向对岸涌去，低低地断裂开来，在对岸呈现明亮的光的边缘。微弱的阳光从光的边缘射向靠近对岸的水面上。

彩虹的高度只到那光的边缘处。

彩虹几乎是直立的。也许由于只露着下端而显得更粗。如果画成拱形，那一定是个大大的彩虹。拱形的另一端一定很远。当然，这里仅仅竖着一个彩虹的根部。

虽说是根部，但是彩虹并没有根，是飘浮着的。仔细一看，感到彩虹像是从湖岸这边的水中升起，又像是从对岸陆地上升起似的。彩虹的上端是消失在云前呢，还是消失在云中？也并不了然。

但是，飘浮的半截彩虹显得更加鲜艳。那华美的悲哀好像呼唤着云彩升天。麻子看着看着，这种感觉强烈地袭来。

云彩也是这样。上面阴沉沉的，对岸下垂的云脚一动也不动，但此时像是受到一种强烈的诱惑，就要翻卷上来似的。

在列车到达米原之前，彩虹消失了。

男人把旅行提箱从行李架上取了下来。

提箱里装的似乎全是婴儿的东西。尿布也一叠叠装得整整齐齐。还有换穿的粉红色衣服。

男人好像要换尿布。麻子想要帮忙，说：

“……我来好吗？”

她原本想说“帮忙”的，但感到有些唐突，便没有说出口。

“不，对小姐来说……”男人也没回头看她一眼，“我已经习惯了。”

与此同时，男人把一张报纸放在暖气铁管上，把新尿布搭在上面。

“呀！”麻子不由佩服地赞叹了一声。

“我已经习惯了，”男人笑道，“这活儿你干过吗？”

“没干过，不过，在学校学习过。”

“在学校？嗯——那地方啊。”

“我会干。看别人干过，我又是女人……”

“那，也许会干吧。现在——真够受啊。”

男人摸着铁管上的尿布。

麻子见到旅行提箱上挂着“大谷”字样的名签。

大谷的确是干惯了。他三四次轻轻地擦拭女孩儿的两腿之间。那里呈浅红色。麻子把视线移开了。大谷把旧尿布揉作一团之后，抬起婴儿的屁股，灵巧地垫上新尿布，扣上了尿布外罩的纽扣。

“干得真好啊。”

对面的乘客说道。座席上能见到的人都看见了。

大谷用毛毯把婴儿包好，把湿尿布装入橡胶袋里之后，又从旅行提箱的一角取出一个像是大型化妆箱的东西。里面是一个白铁皮箱，装着暖壶和标有刻度的奶瓶。

旅行提箱里分作三部分：一端装着喂奶用具，正中装着干尿布和换穿的衣物，另一端装着橡胶袋。

麻子在佩服之余，又觉得他有些可怜。

但是，麻子微笑地看着婴儿吃奶。

“我干这种丢人的活儿，让你见到了。”大谷说。

麻子急忙摇头说：“不。我认为你干得很好……”

“因为这孩子的母亲在京都……”

“啊……”

母亲和这位父亲分手了吧？对这种事，麻子又不便问。

看样子大谷有三十来岁。浓浓的眉毛，刮过胡须的痕迹也是浓浓的，从额头到耳际显得有些青白。穿着很整洁。

他那抱着婴儿的手指上长有黑毛。

婴儿喝完奶，麻子拿出梅干糖：“这个给孩子可以吗？”说着，拿给大谷看了看。

“谢谢了。”

大谷接过糖，送入婴儿口中。

“这是京都的‘小石头’吧。”

“唉，是‘君代的小石头’。”

嘴里有糖，婴儿腮颊的一侧该是鼓胀的吧？麻子看了看，未见鼓胀。是吞下去了吗？她吓了一跳，然而并没吞下去。

二

“祝你新年好！”在东京下车时，大谷对麻子说。

这是岁暮的拜年话，麻子感到很中听，答道：“谢谢！也祝你新年好，孩子也好……”

麻子说着，琵琶湖上的彩虹忽然浮现在眼前。

当然，与大谷的辞别，只不过是与外人的一般辞别而已。

麻子回到家里，说了句“我回来了”之后，向姐姐问道：

“爸爸呢？”

姐姐百子像顶撞似的说：“出去了。”

“是吗？”

“不是早就定了出去吗？”

麻子疲倦地侧身坐在火盆旁，一边解着大衣的纽扣一边看着姐姐问道：“姐姐也出去？”

“是。”

“是吗……”

麻子突然站起来，走到走廊。

“不在家，爸爸……到房间，也不在呀。”百子大声说着追了过来。

“唉——不过……”

麻子只是小声自语，百子没有听见。

麻子打开父亲房间的灯，拉开拉门，自言自语地说：“伊贺的白山茶蹲在这……”说着，看了一眼壁龛里的花。

麻子走到壁龛前面，见挂轴和自己去京都之前一样，只是花变了。

麻子往父亲桌上瞥了一眼，离开房间。房间寂静无人，她感到有些安心。

麻子回到茶室，女用人正在收拾餐桌。

好像是姐姐一个人吃的晚饭。

百子抬头看着麻子，说：“查完房间回来了？”

“并不是查房间……”

“外出旅行回来，家里人不全，很扫兴吧，”百子沉稳地说，“换换衣服吧。有洗澡水。”

“好的。”

“看你愣愣的。是累了吗？”

“火车很空，很舒服的。”

“噢，坐吧。”百子笑着，沏上了粗茶。

“如果今天回来，打个电报说‘回来’不好吗？这样的话，父亲也许会在家的。”

麻子默默地坐下了。

“爸爸四点左右就出去了，这时候还没回来，真够晚的。”百子说。

麻子的眼睛突然一亮：“哟！姐姐，后面的头发拢起来了，让我看看。”

“不，不嘛。”百子按着脖颈。

“喂，让我看看。”

“不嘛。”

“为什么？什么时候留的这种发型？喂，转过身去，让我看看。”

麻子说着，想膝行转到姐姐身后。她一只手抓住姐姐的肩膀。

“不嘛，不好意思。”

百子真的连脖子都红了。

但是，也许她发觉自己过于害羞了吧，便又满不在乎似的镇静下来。

“脖子上面的头发短了，很怪吧，不合适吧？”

“不，合适呀。很漂亮的。”

“不漂亮啊。”

百子缩起了肩。

那个少年总是掀起百子脑后的头发，吻她的脖颈。今天为了更好吻些，她把那里的头发拢了起来。百子吻那个少年的脖颈，他也还记得吧。

正因如此，百子不觉羞红了脸。但妹妹是不知内情的。

麻子平时很少看姐姐的脖子。姐姐脖颈上的头发很短，反而有一种新鲜感，脖颈也显得比以前细些，长些。脖颈正中的凹陷处似乎比一般人深些，这与姐姐柔弱的姿容很相称。

麻子想把姐姐脖颈上的散发拢上去，手指刚接触那里——

“噢！”

百子叫了一声，肩膀瑟瑟地颤抖起来。

“噢，打了个寒战，讨厌。”

这与少年的嘴唇触到那里时也曾瑟瑟地颤抖颇为相似。

妹妹吃了一惊，忙把手撤回来。

百子囿于后脑头发向上拢起的秘密，觉得在妹妹面前，难以去和少年约会了。

百子焦躁不安，感到妹妹很讨厌。

“麻子，你从京都回来，一定有话想要尽快地对爸爸说吧。”百子转过身来说，“我明白，不要隐瞒……到出嫁的朋友那里去，是说谎吧？”

“不是说谎啊。”

“是吗？你说不是说谎。可你虽然到朋友那里去了，却另有目的。”

麻子低下了头。

“说说吧。说说好吗？”百子缓和了语气，“你去京都找妹妹，找到了吗？”

麻子吃惊地注视着姐姐。

“找到了吗？”

麻子轻轻摇了摇头。

“没找到？”

麻子点了点头。

“是吗？”百子避开妹妹那定定注视的目光，发自内心地说，“没找到，是幸运哪——我想。”

“姐姐！”

麻子呼叫了一声百子，泪水夺眶而出。

“怎么了，麻子？”

“不过，我带着这种想法去京都，爸爸是不知道的……”

“真的？”

“是真的。”

“那——爸爸的洞察力是很强的。如果连我都知道的话……”

“爸爸对姐姐说什么了吗？”

“怎么能说呢？麻子真傻呀。”百子看着麻子的脸说，“哭，多不好。不要哭了。”

“唉。不过，我原想，到那里去还是不告诉爸爸好。不如告诉好了。连姐姐也没告诉，是我不好。”

“其实，告不告诉爸爸，无关紧要。关键在于去找妹妹是好还是不好，对吧？”

麻子仍然注视着百子。

“你是为谁而去京都的呢？为爸爸，为我们，为你的妈妈，为那个妹妹？”

“谁也不为。”

“还是感到道德上的责任？”

麻子摇了摇头。

“那——就当作是你的多愁善感，姑且放在一边，不去管它了。”

百子继续说：

“你去找妹妹，是你的爱。所以，那孩子找到也好，找不到也好，这份爱，那孩子现在领会也好，不领会也好，仅从你有这种爱这一点看，无论对你还是对那个孩子来说，都是好事，今后无论什么时候见到那个妹妹，现在的爱又会表现出来的。我是这么想的。”

“姐姐。”

“等等……可是，人有各种各样的游泳姿势，也有适合本人性情的泳池的水，所以你从别处到那里去，稀里糊涂地接触一下，京都的那个孩子是不以为然的。兄弟姐妹早晚也要成为外人，那样更好。就任她随便谋生算了。麻子你也好好想想吧。”

“不过，爸爸怎么认为？”

“那——有人说某人阅历的深度，某人思想所达到的深度，就是某人的深度。所以，麻子有不懂的地方，你父亲也同样有吧。”

“这不是爸爸说的吗？”

“是啊。是他自己为难的时候说的。”百子哧哧地笑着说，“通晓人类的历史，思考人类的未来，都包含在其思想所达到的深度之中吧。”

麻子点了点头。

百子像观察麻子的神色似的，说：“你妈妈去世之前，好像很挂念京都的那个孩子。所以你就到京都去了吧。”

麻子心里猛然一震。

“那——也不知道是不是你妈妈的本意，你妈妈是和别人的孩子也毫无隔膜的真正和善的人。如果说你妈妈死后京都的孩子能够回到家里的话，那么她在世的时候也会允许的，不然，你死去的妈妈是很委屈的。这一点在她内心深处也不一定没有吧。你如果是想使妈妈成为好人而到京都去，那可就糊涂了。”

麻子抽抽搭搭地哭起来，继而捂着脸哭倒在地。

“不要再说了……姐姐要出去吧？”

麻子肩头一耸一耸地哭着。

百子像斥责似的说：“不要哭了！你这么哭，我就不能出去了。”

“姐姐。”

“让我走吧，虽然这样有些对不起你……你去洗澡吧。好吧，你洗澡，我出去。”

“好，好的。”

麻子一边哭一边跌跌撞撞地走出茶室。

麻子紧紧抓着浴池边沿哭着。听到百子出去时外面门的响声，麻子又涌出了热泪。

麻子忽然回想起母亲的日记。

百子时常说“你妈妈”，麻子的妈妈并不是百子的生母。

麻子忽然回想起母亲的一节日记，是记录父亲说的关于百子的一段话。“百子之所以接二连三地爱上少年，是由于上了最初的男人的大当，还是由于在学校曾经沉湎于同性恋，抑或是由于作为一个女人身体中有什么缺陷呢？”

母亲写道，这仅仅是怀疑，实际上父亲和母亲并不了然。

“因为现在是引诱美少年也很容易的社会啊。”

日记中还记录着父亲这样一句不知是戏言还是真心的话。

“接二连三”这个词虽然是父亲或母亲的过于夸张，但是百子的美少年，就连麻子也见到过三个。

麻子回想起母亲的日记，恐惧和羞耻使她止住了泪水。

梦痕

一

过去的皇家、贵族、财阀的宅邸，战后成为旅馆，这在热海尤为多见。

椿屋过去也曾是皇家别邸。那位天皇的弟弟曾是海军元帅。

“那里，不太像旅馆前门，正对着这儿，有两个寓所的牌子吧……”

麻子的父亲在距椿屋不远的地方，指着车窗外面说。

“这边的旅馆是过去的皇家宅邸，那边的旅馆是过去的侯爵宅邸……听说也是一位从皇族降为臣下的侯爵，在战争中脚负了伤，现在作为战犯受着繁重劳动的刑罚。”

在椿屋门前下了车，父亲稍稍站了一会儿，环视四周。

“我过去常在这条路上散步，从这门缝能窥视皇家宅邸。但不能进到里面，门总是关着的。”

这条路是去往来之宫和梅园的，还通往十国山。

右边的小山沉浸在黄昏中。黑黝黝的小松树林里升起白色的蒸汽。灰蒙蒙的暮色中似乎只有这蒸汽在动。

“这座山上有藤岛财阀本家的别墅。想不到里面有房屋吧。建筑物完全隐蔽在山里，从任何地方也看不到。”父亲说。

“听说到那里去还要通过一条隧道……据说那隧道安着厚厚的铁门。在战争中啊……大概怕暴动吧。”

这条路也通往半山腰，椿屋在山麓依山而建。主楼从路上看是二层，从庭园看是三层。

“乡间小屋很安静，已经订好了房间。”

旅馆的管家说着，引领他们离开庭园的石板路。

“那花，是什么花？”麻子停住了脚步。

“是樱花吧。”管家答道。

“樱花？寒樱？……都不对啊。”

“唉，寒樱，今年是一月末开的，已经落光了。”

“爸爸，是什么樱花？”

麻子看见花的时候，父亲也在想。

“什么花呢？一时想不起来了。还是属于寒樱的一种吧。”

“噢，这种樱花，先长叶子，后开花呢。”管家说。

“花朵向下，开得有点蔫。”

“是吗？有些像海棠啊。”

正如麻子所说，这种樱花，花朵略带红色，花簇柔软，先长叶后开花，一切都让人感到颇似海棠。

二月初的晚阴天气中，杂夹在花朵中的新叶的嫩绿，十分惹人怜爱。

“哎呀，水池里有鸭子呢。”麻子觉得很新奇。

“在相邻的伊贺侯爵家的水池里，我曾见过墨西哥野鸭。现在不知怎么样了。”父亲说。

樱花在池水的对面开放着。

还有一座像是半面浮在池水上的独房。这是茶室。

管家说，茶室是财阀成田过去当男爵时建的。

“如果没进客人的话，真想看一看呢。”父亲说。

麻子的父亲水原常男是建筑家。战后，过去的富贵之家变成旅馆或饭馆的，他都带着相当的兴趣和感慨去观看。

在逗子，就连天皇弟弟的家也变成了旅馆；在小田原，藩阀和军阀的元老山县公别墅也变成了旅馆。

这样的例子数不胜数。

但是，由于原来都是住宅结构，变成旅馆和餐馆，有的地方有些不合适、不方便，水原曾经接受过关于房屋改造的洽谈。

即使是椿屋，正房外加乡间小屋和茶室，也仅能容纳八对客人，但是庭园很宽敞。

麻子对乡间小屋那带有温泉间的客厅感到很新奇。

“真静啊。就像到了农家，既宁静又亲切……”

“是啊。没搞什么装饰，干净利落。”

这是把农家房屋移来后改建的，毫无故弄玄虚的痕迹。

“给人以自然平和的感觉……”麻子环视着房屋说，“哟，没有门顶窗啊。”

八张榻榻米的房间和六张榻榻米的房间用木门隔开，木门上镶着高约二尺的拉窗。

南面和西面的一半是齐腰高的纸隔扇，没有安装玻璃。

拉门和天花板裸露的木头全都涂成浅黑色。一百瓦的电灯也显得有些暗，也许是由于颜色的关系吧。只有壁龛的立柱和壁龛板的颜色有所不同。

榻榻米的席面使用的也是粗料，也许是故意为之吧。

水原换上和式棉袍走到庭园去看茶室。麻子没有换衣服的时间。

那座独房有一个六张榻榻米的房间和一个四张半榻榻米的茶室，与其说是洗茶器处不如说是厨房，还设有浴室。

“这里能住啊。”

水原说着走到外面，一直往前走，站在桥上仰望正房。那是一座洋房。

房屋和庭园与水原昔日曾经窥视的皇家宅邸全然不同。

庭园边缘平地上有一个狗窝和一条漂亮的狗。

“啊，多好的秋田犬啊。”

水原走到狗的面前抚摸着狗的头。

大狗抬起前爪抱住水原的腰。这似乎是这条狗的习惯。

狗的毛色是浅黄的，竖起的耳朵和卷起的尾巴颜色稍浓些，略呈茶色。水原握着狗耳朵，抱着它松软的脖子，感到一种活生生的美流入心田。

水原想说，这杂乱无章、令人不悦的临时建筑充斥的热海街市，真配不上这条秋田犬。

“春天来时的芳香，瑞香花……已经开了呀。”麻子说，她的口气里好像蕴含着那是幸福的芳香似的，“那边的红梅下面，南天竹出新芽了，叶是红色的呢。八重红梅开得晚吧？”

“是啊。白梅大体已经落了。”

“像绯桃似的，是真正的红梅色呢。”

经常被束缚在家中的女人，感到解放出来进行一次小小的旅行是很快活舒畅的。家里人一起出来也很放心，这对女人来说似乎是蛮好的。

水原曾经见过妻子是这样，女儿麻子似乎也是这样。

麻子在一棵小树上发现了一只柠檬果，也说：“呀，多可爱呀。”说着，还轻轻地摸了摸。

柠檬果只有一个，又小又青。

“我以前到相邻的伊贺侯爵的庭园去的时候，正是金合欢花盛开的季节。是几月呢？一进到庭园里，见到白孔雀在草坪上漫步，水池边上有两三只墨西哥野鸭。那野鸭怕冷，好像无精打采的，所以冬天还是飞走了吧。虽说是水池，也是露天浴池，是温泉呢。里面养着天使鱼。那时候热带鱼很流行，连百货店也卖。侯爵试着在温泉饲养，居然完全成功了。鱼长得很大。金合欢花现在并不稀奇了，可我是在侯爵家第一次见到呢。

侯爵有那种雅兴。宽阔的浴池里，各种各样的热带小鸟飞来飞去。”

“嗬！”

“对热带感兴趣啊。浴池冲洗身体的地方，满铺亚马孙河的石头。是特意运来的。”

父亲一边说着一边向侯爵宅邸走去。

麻子诧异地说：“亚马孙河？”

“是的，巴西的河。红石头。一下到池里，就像要被热带鸟的鸟粪蒙上似的。靠近一面墙壁，栽种着一大排热带植物，青翠欲滴，还有花。浴池里面，面向庭园的一方，从上到下全是玻璃，虽然不透明，但也明亮耀眼。我们这些性格内向的日本人，也不能羞怯地慢腾腾地进去了。感到是热带所具有的色彩。是一间天棚很高的大厅。还放有椅子。噢，在裸体行动或自由躺卧之余，进入浴池稍稍休息一下。从一开始就和腼腆害羞地蜷缩在浴池里的做法完全不同。”

在椿屋主体建筑的右侧，白色的侯爵宅邸黄昏残照般浮现眼前。

“以前是更新鲜的白色啊。由于曾经成为空袭的目标而轰动一时。因为从远处看很显眼。总之，建筑风格孑然突兀、旁若无人，好像是小暴君或大叛逆者的建筑似的。据说，侯爵一从西洋回来，就把这座宅邸的庭园树木全部除掉，把庭园石全部挖出，搞成草坪。虽然上一代主人也许并不是倾心风雅，然而侯爵把日本风情的庭园变成了西洋风格的样式。房屋也毫不留恋地毁掉了。侯爵似乎是要在热海的别墅建立热带风情的生活。室内温度终年华氏七十度——据说华氏七十度最好——为此把温泉的热水向地板下和墙壁里流通之后，墙壁出现裂缝，坏了。建筑材料研究得不够啊。但是，我去的时候，一到屋里，闷热闷热的，很不好受。”

“有华氏七十度？”

“啊——也许有吧。据说，即使是在隆冬，侯爵也只穿一件衬衣，向打字员口述文稿。两个打字员是从美国来的第二代美籍日本人。论文是用英语口述，寄给外国的学会会报的。”

“噢——是学者？”

“是动物学学者啊。有时到热带去猎取猛兽呢。还乘轻型飞机访问过埃及。他是离开日本的贵族啊，在外国的知名度比在日本还高。是个在狭窄而潮湿的日本不能居住的人吧。这座热带风情的宅邸，也是对日本风土的反叛……”水原停了停说，“当然是衰败了。”

他仰望着屋顶呈圆形塔尖般的房屋。

“我去的时候，一只蜂鸟还活着呢。原来是两只，有一只死了……”

“是翅膀扇动极快，快得几乎看不见的那种小鸟吧？”

“是的。”

椿屋的照明灯亮了，从上方照射着庭园。

水原就此折了回来，边走边说：“二楼的寝室也让我看了。漂亮的床和各种各样的化妆品都令人吃惊，但更令人吃惊的还是鞋啊。拉开床边的帘儿，里面是鞋架。两侧的架上，摆着四五十双夫人的鞋。夫人也是在美国长大的第二代美籍日本人，完全是美国的生活方式。 寝室也和浴室一样，是日本人想象不到的。半月形的大窗户， 是一整块玻璃。真是既明亮又华丽……”

他说到这里止住话头，又说起美国风格的厨房和洗衣场所。

他们从茶室前面经过，又走过水池的小桥。

“啊——想起来了。没错儿，那樱花，叫作红寒樱。”

水原笑了。

二

“我给您搓背吧。我已经多少年没给爸爸搓背了呢……”麻子说。她正洗着自己的前胸。

父亲枕着澡盆边沿，身子泡在水里。

“嗯，是啊。你小的时候，连脚趾缝都给你洗，还记得吗？”

“记得的。那时我也不小了。”

父亲闭着眼睛说：“我现在正在考虑，想给你建一座房子。”

“哎哟，我的房子？”

“是的。”

“我的房子，和谁一起住的房子？……是我一个人住的吗？”

麻子洗着身子，似乎说得很轻松，而父亲的思路却被打断了。

因而，父亲也开玩笑似的说：“想在一起住的人，还没有吗？”

“没有啊。”

女儿忽然看着父亲。

“嗯——你一个人住也可以。不住也可以。作为你的房子放着，也很好办。爸爸是建筑家。哪怕是小房子，想把它作为像遗嘱那样的名作留给女儿。”

“遗嘱那样的房子？”女儿质问道，并连连摇头，“讨厌那样的……”

她进到澡盆里，说：“我冷了。”

“没关系的。正如我平时说的，不能如意的人间万事中，再没有像建筑这样更不自由的艺术了。场所、材料、用途、大小、经费、房主的随意要求，而且还要经过木匠、泥瓦匠、家具匠人的手……像伊贺侯爵那样任意而为的房屋，我可能一座也没建过。所谓遗嘱那样的东西，也就是按自己的想法所建的房屋的意思。搞建筑，第一次按自己的想法……这是少有的。”

父亲这样说。他想要避开遗嘱的话题。

但是提起那样的话题，也并非不悲伤。

父亲为女儿裸体的美而惊叹。

一瞬间，父亲想起了旅馆院子的秋田犬。虽然把自己的女儿和狗联系在一起不太好，但都是有生命的东西身体的美。当然，女儿的美是秋田犬所无法比拟的。

秋田犬被拴在狗窝里，动物不能建造房屋。鸟能建巢，但比人类的建筑自然。不要破坏和丑化自然。热海街市的建筑是丑化自然的标本吧。似乎已经无可挽救了。正如科学的进步增加了人类的悲惨一样，现代建筑增加人类的幸福了吗？很值得怀疑的。这种怀疑，对水原来说已经不是什么新鲜事了。

同时，当今的建筑能否像往昔的建筑那样作为一种美留给后世，世界建筑家心中也持有怀疑。

但是，水原惊叹于女儿的裸体，这具美丽的身体是否居住在与之相称的美丽房屋之中呢？这种怀疑倏然而生。同时，自己也为这种怀疑而惊讶。

作为建筑师，他似乎已经忘记了身边美的东西，所爱的东西。

即使水原自己也被烧得无家可归，居住在临时敷衍的房子里。

毋庸置疑，与女儿美丽的身体相称的衣服、相称的房屋，人类终究是制作不出来的吧。像动物那样赤身裸体地在野外生存，那是神创造出来的美。建筑的新思考，某些方面的出发点也许时常源自于此。

总之，建筑师水原已经有几年没有和麻子一起洗澡了，现在考虑为美丽的女儿建造生活起居舒适的房屋，饱含着父亲的感情和爱。这房屋，麻子和谁在一起住，父亲并没有想过。

但是，在窄小的家庭浴池里，女儿总觉得有些不方便。而父亲则更是在避开自己身子的同时，产生了青春已逝的想法，像遗嘱这样的话，也是从这种想法中脱口而出的吧。

父亲先从浴池出来回到房间，见到桌子上有一小枝瑞香。这是女儿折来的。

刚才，父亲以为女儿一定会欢跳起来，但其实自己也是有点奇怪的。

二楼的客人轻轻地唱着新内派净瑠璃《尾上伊太八》。三弦琴很好。所携艺伎似乎不太年轻。

麻子从浴池出来，面对着镜子，父亲对女儿化妆的姿势也感到很新奇。

“爸爸，”女儿从镜子里呼唤道，“爸爸要对我说的，是什么事儿？”

“哎？”

“爸爸有话要对我说，就带我到这里来了吧。我很不安。”

父亲默不作声。

“爸爸说的像遗嘱那样的房子，建几座？两座？三座？”

“什么？”

“如果为我和姐姐的话，那就是两座，可是京都还有一个妹妹吧。”

父亲皱起眉头。

这时，女招待送来了晚餐。

麻子回到火盆旁，趁摆放菜肴的时候，低头摆弄着瑞香。瑞香是短筒状的花，外侧粉红中略带紫色，内侧呈淡淡的粉红色。这情景，父亲也见到了。

三

晴朗的早晨，锦浦方向的大海闪闪发光。

“半夜里秋田犬叫了，你知道吗？”父亲说。

“不知道。”女儿洗过澡，坐在镜子前。

“真不愧为秋田犬，声音浑厚有力……”

“是吗？”

父亲又提起伊贺侯爵的话头：“隔壁的侯爵曾经是贵族，其特殊待遇战前就停止了。曾几何时，骄奢淫逸，真是有伤体面。但是，他想反正爵位和财产都要因战败而被废弃和没收，便为所欲为地把家产全部挥霍掉，现在好像有点后悔。”

水原以前去看侯爵宅邸的时候，曾经被茶室类的建筑和数寄屋[①]所吸引，不由回想起自己那时的年龄，而现在又住在相邻的皇家宅邸，便联想起伊贺侯爵的过去和自己的生活方式来。

建筑师也经历了原子弹和氢弹爆炸破坏下的命运。

“抛离这个家，抛离那个家。”

这一佛语，此时在水原的头脑中反复出现。

水原他们走出椿屋，到街上散过步之后，乘上了去元箱根

① 运用茶室建筑手法建造的建筑。

的游览大轿车。

越过十国山，到达箱根山，见到了芦湖。双子山、驹岳、神山上还存有白雪。

从原来的箱根街市去往箱根神社，在小杉树林里走着。水原对山中旅馆的管家说：“这一带的梅花已经开了吧？”

“还没有开。这里和热海的温度相差华氏十度左右。”管家答道。

所说的山中旅馆，是藤岛财阀本家的别墅。

宅第门口，有仆从候主处，有车库和游艇停放处。

但是，他们被领进的房间出乎意料地简陋。

“真是山中小屋啊。是职员的宿舍吧。”水原说着，伸进被炉。

只有纸拉窗，没有玻璃窗，窗外有窄廊。入口和相连的房间是用新杉板门隔开的，原来大概是纸糊的拉门吧。

到客厅去用茶，见到客厅好像是新建的样子。一问女招待，才知道过去这里曾经是西洋式建筑，去年三月失火烧掉了。于是，水原理解了。

藤岛家的梦痕被烧掉了。

他们观赏数万坪的庭园。

过了石楠花圃，有一座茶室。前面是一片宽阔的杜鹃花花园。

穿过杉树林，走到稍稍高起的草坪，伞状的杉树下面放有长椅，有一个写着“一棵杉”字样的标牌。

领路的管家用手指着湖岸的方向：“那是四棵杉，草坪是羽毛球场。”

“哎哟！姐姐？”

麻子低声喊叫，为压低声音忙去捂嘴，手抬到了胸前。

“不要喊，看着。”

父亲低低的声音也有些颤抖。

在并排四棵杉树下面的长椅上，百子正紧紧依偎在少年的肩头，凝神望着湖水。

之后，水原被引领着观看了独房和乡间小屋，却再也静不下心来了。

田园房屋标牌上写着“六百年前飞弹高山之家”，英语写着“七百年”。

“对外国人，还有一百年的虚数呢。”水原笑了，要看一看。

“据说在这里的乡间小屋，藤岛先生能向顾客提供真正的农家菜肴。”管家说。

据说连马厩板上的马粪也没有弄掉，原封不动地移来了，房屋也保持着原样。

但是，屋顶大多都坏了，从露天处能看见神山的雪。水原感到有些冷。麻子也脸色苍白。

这一夜，二人话语很少。

父亲想，百子可能是避开汤河原和热海，越过箱根的温泉场，来到这冬季顾客很少的深山旅馆的。

百子和麻子不是同母所生，长得不太像，所以旅馆没有注意到两个人是姐妹吧。

父亲昨天出门时说到热海去，百子也没有料到他们会来到箱根深处。

百子从后面拥抱着少年。少年没有拥抱百子。

“你哭什么！”少年沉郁地说。

百子也倦怠地说：“没哭啊。”

“眼泪都落到我脖子上了。”

“是吗？因为你太可爱了。”

少年想要转身，动了一下。

“不，不要动……”百子小声说了一句，望着牡丹色的窗帘。

百子和少年的房间与父亲和麻子的房间分隔在门口交款台的左右两边。这里把和式房间稍稍洋化了一些，房间里放着床。

火焰的颜色

一

麻子和父亲等待着早饭，外面传来汽艇的声音。

麻子不由看了看父亲。

“那该也是去取配给品的吧。”父亲说。

因为二人昨天傍晚见到了取配给品回来的汽艇。

外面火焰的颜色在黄昏中微微发亮的拉窗上摇曳。麻子打开拉窗一看，见旅馆庭园值班人正在烧枯黄的草坪。看似带着热浪的火环不断扩展开来。

芦湖静悄悄的。落日余晖里对岸水边呈现出一条清晰的线。那之上的山丘掩没在茫茫暮色之中。没有晚霞。

从这边岸上的树间，见到汽艇在行驶。

“哟，这么冷，还有人坐汽艇啊。”麻子说。

庭园的值班人也向湖那边望着，说：“取配给品回来了。”

“用汽艇去取配给品？”

“因为陆地运输困难。汽艇是这里村子的上帝啊。”

岸边的树间薄暮蒙蒙，有一只小船在薄暮中划动，似乎是一个衣着朴素的女人在划船。

“像这样用小船去领配给品和买东西的生活，我也想试试呢。”

麻子心里有些不安，便这样说了一句。

“外面冷，关上拉窗。”父亲说。

火焰的颜色又摇曳着映照在拉窗的下端。

今天早晨，麻子感到忐忑不安，汽艇的声音也让人静不下心来。

“还是配给品？昨天是用桨划的小船吧。今天用的是汽艇啊。”

麻子没有完全按父亲说的办，偷偷地把拉窗留了一个缝隙。她一只眼睛靠近那里，确认姐姐没有到庭园之后，又拉开了拉窗。

汽艇向湖尻方向驶去。汽艇本该是向富士山倒映在湖中的方向驶去的，但是富士山被阴云遮住了。

昨天的小船沿着湖岸像在树间穿行，而今天早晨的汽艇仿佛掠过岸上的树梢向湖心驶去。

“是姐姐。果然是姐姐啊。那难道不是姐姐吗？正如我料想的那样。”

麻子手抓着拉窗。

“和那个男孩儿两个人啊，爸爸。天这么冷，可一大早就到湖里去，姐姐是发疯了。”

湖水连细小的波浪也没有，小汽艇拖着一条长长的水尾。

在船尾，百子依偎着少年。

对岸的山上，有些地方呈现出细细的雪线。

“爸爸……”麻子回过头来。

父亲避开女儿申诉般的目光，说：“把拉窗关上。”

“是。”

但是，麻子凝神目送汽艇远去。

“麻子，我让你把拉窗关上！”

“是。”

女儿愣愣地回到被炉旁。

“您怎么了，爸爸？”

父亲默不作声。

“把姐姐丢开不管行吗？那样行吗？汽艇的声音还能听得见。我心里扑通扑通直跳。昨天夜里，我也没睡着觉。”

“好像是那样。可是，我刚刚确实想要把百子抓住……”

“是吗？那——爸爸是想在哪儿把姐姐抓住？”

“也许我抓不住百子。昨天，不，前天吧，我说要给你建房子，你说也要给姐姐建一座吧。”

“唉。京都还有一个妹妹吧。建两座？三座？我是问过。”

“嗯……”父亲含糊其辞地说，“即使给百子建了房子，我想她也不能去住。”

“为什么？爸爸像遗嘱一样的房子，姐姐不去住，只有我去住？您为什么那么想？”

“这问题我很难回答，但也许是由于我和你母亲结了婚的缘故吧。”

“那——”麻子摇了摇头，“讨厌，那种事……我讨厌。爸爸不是太偏心了吗？”

“的确，是那样吧。”父亲点了点头，之后像是自言自语但又很明确地说，“我两次恋爱，一次结婚。收养了前一次恋爱所生的孩子，而没有收养后一次恋爱所生的孩子。这话现在即使不说，麻子你也是知道的吧。”

麻子像被压抑似的一时说不出话来，稍停片刻说：“那后一个孩子，为什么不收养？是因为有我妈妈吗？”

“不是的。之所以收养头一个孩子，是因为那孩子的母亲死了。是自杀。”父亲像吐出毒气似的说。

女儿睡眠不足的双眼皮，美丽的线条也不明显了。

“爸爸令三个女人生了三个女孩儿，真正的孩子只有我麻子一个人吗？”

“噢，那……你说这话，是难得的。”

“可怜的爸爸。”

“但是，无论是在一起生活、分开，还是舍弃，或是送到别处，孩子毕竟是自己的孩子。既然出生了，父女的血缘是不能割断的。”

“无论做得怎么好，继母毕竟是继母，和这是同样的吗？无论妈妈多么可怜，我却没可怜她。”

“是的。孩子一般是不可怜父母的。随便觉得别人可怜的人，也许那个人本身就有可怜的地方。”

“这都怪爸爸。”

“的确，是那样吧。但是，人的命运是不同的呀。”

“那——您是说姐姐乘坐的汽艇也是命运之船？已经毫无办法了？”

“不能这么说。但是，百子对那个男孩子是认真的吗？”

“我可不知道。”

“我似乎觉得她不是完全真诚的。百子继承了她母亲的秉性，是一个始终满怀真诚地生活、充满信心地忘我工作的姑娘，而对现在这个男孩儿，难道不是草率从事吗？”

“草率从事？姐姐好像很认真哪。不过，姐姐现在有两个男孩儿。爸爸……她今天带来的男孩儿叫竹宫。同时和两个人，我真不理解姐姐。”

麻子好像难于开口，羞怯地耸了耸肩。

父亲也有些吃惊，说：“不是真心实意呀。如果不找到百子心中真正的伤口，她也许不会停止这种危险的游戏。麻子你没有估计到这一点吗？”

“姐姐心中的伤口？……如果不是对亲生母亲，恐怕不会说出心里话的吧？”

“更重要的原因是百子很刚强。”父亲把话岔开，接着说，“她之所以做这种像把刀子咬得咯吱咯吱响一样的危险游戏，是因为有什么伤口在作痛啊。或者我怀疑，她也许是在慢性自杀。”

“自杀？姐姐？”

麻子听了这话，吓得有些发抖，不由倾耳静听：

“汽艇的声音听不见了。爸爸，姐姐会不会是去跳湖自杀？会不会是去殉情？”麻子说着，踉踉跄跄地跑去拉开拉窗，“不是吗？爸爸，汽艇看不见了呀！”

父亲也不由打了个冷战，但说道：“那不会的。到远处去了吧。”

“远处？在哪儿？”麻子向湖尻方向望去，“看不见啊。一只船也没有。到湖岸去找找吧。”说着，趿着木屐跑了出去。

昨天烧草坪的灰，在麻子身后轻轻飞了起来。

二

只有沙沙的降雪声。似乎是轻轻打在拉窗窗纸上的声音。

由于只是纸拉窗，没有玻璃窗，所以雪的气氛更易传到屋子里，屋子变得沉寂清冷起来。

午前，发觉有沙沙的声音，打开拉窗，雪正下个不停。

对岸的山隐没了，湖面被雪笼罩着，这边湖岸的树木挂着白雪。草坪上的雪已经积了一层。

水原想，如果现在不回来的话……

“等姐姐他们回来以后，我们再出去吧。如果在什么地方遇见了，爸爸也不想这样吧。姐姐也会张皇失措的。”

父亲听麻子这么说，不由苦笑了一下。

“我们这样做不好，好像故意藏起来似的。”

“是的。爸爸只带着我来，这对姐姐来说是不好。”

水原在被炉前，感到后背有些冷。他呆呆地等待百子回来。他想到三个女儿的相貌和性情都很像生母，生活态度也与各自的生母极为相似。

水原的三个女儿既与各自的母亲长得很像，同时也在某些地方长得都很像水原。耳轮、腰姿、脚趾的形状，三个女儿在好些地方都肖似这共同的父亲。那长得分别像三个母亲的面容，又各自融入了父亲的五官模样，真是微妙得很。

即使同一个母亲所生的孩子，每人长得既像父母，而又分别有所不同，也是不可思议的。然而水原的情况是三个女儿长得明显不同，分别像自己的母亲，而又都像同一个父亲，可以说更加不可思议。

水原令三个女人生了自己的孩子，或者说三个女人为自己生了孩子。现在他已经到了不能生育的年龄，回顾这些往事，心中也未必全是痛苦的悔恨。

不仅如此，有时还感到女人的生命和上天的恩宠。最重要的是，三个女儿十分美丽，而且能够自立，这是无可否认的。她们无罪。

上面的百子和中间的麻子，她们的母亲已经去世了。

这两个女人在这个人世上，除了各自留下一个女儿和水原的爱的记忆之外，还留下了什么呢？

这两个女人和水原都曾为爱而痛苦和悲伤过。但是，这些对于水原来说已经成为遥远的过去，对于死去的女人来说则已经完全消失了。

三个女儿也为自己的出生和父亲的过去而苦恼。但是，水原相信女儿们对父亲的爱。

同时，对于阅历颇深的水原来说，人所感受的悲喜和苦乐，无论是人间何等深刻的真实，也是值得怀疑的，不过是人生河流中的泡沫或微波而已。

然而，在京都的女儿的母亲，与水原和另外两个女人的关系是不同的。

京都的女人在生水原的孩子之前已经生过一个别的男人的孩子。今后也不见得不再为其他男人生孩子。这个女人还活着。

百子的母亲和麻子的母亲，是以水原作为自己唯一的男人而死去的。

但是，即便如此，京都的女人、女儿和水原，三人之间也并不相互憎恨，甚至可以说内心深处蕴藏着相互依赖的爱。

水原知道麻子到京都去找妹妹，便把麻子带出来，想说说那个女儿的事。可是在热海因为麻子先走了而未能说出口，在箱根又因为百子的事而没能得到说的机会。

然而，当父亲想说京都女儿的事时，如果麻子对此已经有所了解，又觉得也可以不说了。

在三个女儿的母亲之中，水原只和麻子的母亲结婚并一起生活。妻子纯子死后，就只剩下京都的女人还活在世上。

麻子对此事怎么想呢？水原感到有些拘谨，因而对京都女儿的事便更难以启齿了。

到京都去找妹妹的麻子，会不会也想去见一见妹妹的母亲呢？

由于京都的女人还健在，水原听着雪的声音，便对那个女人产生眷念之情。

“麻子，在这儿睡觉会感冒的。”水原晃了晃麻子的肩。

麻子抬起睡红的眼睛。她刚才趴在被炉罩子上，枕着自己的胳膊。

“姐姐，还没……姐姐，这里的事眼不见心不烦，你很平静吧？爸爸心里也很不痛快呀。”

“看这雪，大概不能回来了。”

“姐姐正在旅馆吧。没有在大雪天去死吧？”

“又说……”

“刚才，我以为她真去殉情了呢。爸爸说什么自杀，多不好啊。”

水原联想起百子年轻母亲的自杀，轻轻摇了摇头。

三

竹宫少年两只手一根一根地把劈柴放进火炉里，背对百子站着，像背台词似的说："我想起轻井泽白桦的劈柴来了。"

百子看着外面的雪，说："轻井泽是你的家乡吗？"

"是啊。"

"想起自己的家乡，感到悲哀吗？"

"不悲哀。一点儿也不悲哀。"

"是吗？"

少年蹲下，拨弄火炉的火。

"白桦，做劈柴也不是好的。"百子说。

"火很好看的。能烧就行呗。"

"那倒是。因为不是煮东西，也不是烧开水……"

"白俄姑娘吻过我。"

"哎呀！还有比我先吻小宫的人？"百子转过身来，对着少年的后背，说，"这可是件大事，忽视不得的。她吻小宫的哪儿啦？"

少年默不作声。

"后来，小宫吻那个女孩儿的哪儿啦？在火炉烧着白桦劈柴的山中的家里……是个怎样的女孩儿？面包铺的女儿？呢绒店的女儿？多大年龄？喂，告诉我。不说可不行。"

“今天晚上说。”

“今天晚上？小宫，今天晚上也打算住在这儿？”

“这里有积雪。想到热海去。”

“不行不行，热海，爸爸带着妹妹去了。”

少年忽然回过头来。百子望着窗外。少年也望着降雪的湖面。

“好大的雪呀。山路上大轿车危险啊。掉到山谷里死了也没关系，可是姐姐一定会得救，而我却完了。这我可不情愿。”

“为什么你会完了呢？”

“因为姐姐不爱我。”

“哎？”百子看着少年，“到我这儿来。”

“嗯。”

少年靠近百子，坐在长沙发上。百子像把少年夹在腋下似的，把他的肩头转过来斜放在自己的膝盖上，说：“那么，那个白俄姑娘吻小小的小宫时，小宫可爱的嘴感到有什么香味？”

“哎？”少年感到有些晃眼。

“据说女孩子恋爱的时候，呼吸的气息也变得馨香可人了。”百子温柔地微笑着，“不过，那时候，一则小宫还小，再则白俄姑娘也是出其不意吻你的吧。”说着，把脸贴过来。

“你的鼻子真凉啊。”少年轻声耳语道。

“小宫，因为没在火前面。”

少年两手搂着百子的脖子，闭着眼睛。

“小宫有烟味儿。把烟戒掉吧。”

“嗯。”

“而且呀，要让姐姐闻到初恋的呼吸的香味……”

百子把少年的脖子搂了过来，感到那短短的汗毛尖也很稚嫩可爱。

少年的眉毛和睫毛湿乎乎、水灵灵的，很娇嫩。

百子用另一只手的手指摸着少年长长的额发，过了一会儿，说：“小宫真会说谎啊。真可爱。”

“我可不说谎。”

“是吗？白俄女孩儿的事，是真的？正因为说谎才可爱……”

“说谎，我可没有姐姐高明。”

“是吗？”百子的胳膊绕到少年的后背，把他斜抱起来，“衣服太长了。衣服太长，我不喜欢。”

“别瞎说了。”少年嘟哝了一句，搂着百子脖子的手的拇指猛地用起力来。

“小宫，掐我脖子呢，你知道吗？”

“知道。”

“那好啊。掐也……”百子闭上眼睛，挺起脖子。

“姐姐要抛弃我吧。”

“噢，不抛弃呀。”

“不要抛弃我。”

“说什么抛弃，这种没出息的话，不是男子汉说的。”

“那么，你是玩弄我？”

“哟——”

百子抓起少年的手，从自己的脖子上拿开。

“玩弄男人的女人，这个世界上一个也没有。这我是清楚的，十分清楚。”

百子大口呼吸，眼睛里噙着泪水，脖子上留着红红的拇指印痕。

少年把脸贴在自己的指痕上，说：“那——你不是玩弄小西之后又把他抛弃了吗？”

“是西田这么说的？”

“是他这么说的。小西说姐姐是恶魔、妖妇……”

“小西也说这种毫无自尊的话。不是我抛弃他。难道不是小西把我玩弄了一下走了吗？”

“我也玩弄你一下走了，你让吗？”

“玩弄了就走的，只有小宫你一个呀。而小西，他是和女同学私奔，是那样吧。”

“那是因为他被姐姐抛弃了。他到和姐姐去过的伊香保的旅馆去被抓住了吧。”

“和我去过的地方，又和别的女孩子去，我讨厌这样的人。”

“别的事我就不知道了。”

“是啊，小西的事就不要再说了。”

百子把嘴唇贴在少年的头上。

“头发多好啊。比嘴还香呢，真让人留恋。”

“留恋什么？”

“少女的时候……”

“姐姐……”少年缩起脖子，“姐姐，你谁也不爱吧？”

百子忽然仰起脸，然后又把半边脸颊贴在少年的头上，说：“爱呀。”

“爱谁？真的？”

百子目不转睛地望着外面的雪。

“没有谁吧？”

“有啊。爱父亲。”

“父亲？父亲是谁？”

少年突然站了起来。

“父亲就是父亲，是我的父亲。”

“怎么，真无聊，说谎吧？”

“不是说谎。真的爱呀。”

百子站起来，穿过客厅走到面向雪的一侧。

“不过，我对爸爸的爱就像这雪一样。”

客厅南面朝向湖水，从上到下全是玻璃。

凭窗南望，深灰色的天空中越来越密的大大的雪片从百子的眼前流泻。

百子他们乘坐四点半的公共汽车返回。

水原和麻子决定乘坐六点的末班公共汽车离开。旅馆的两个男仆拿着行李，打着伞去送行。穿高脚木屐的男仆，由于雪滑而摇摇晃晃、跌跌撞撞的，把木屐带扯断了。水原让那个男仆回去了。另一个男仆一开始就光着脚走。

下雪天黑得早，元箱根和箱根町的灯在湖岸闪着微弱的光。

在元箱根等到七点，可六点的公共汽车还没发车。从小田原发来的那辆公共汽车没有爬上山来。

“前一班四点半的车由于事故现在还在山上。已经两个半小时了，在这雪里……”公共汽车的售票员说。

“姐姐坐的是四点半的公共汽车呀。”麻子看了看父亲的脸，走到售票员那里，说：“事故——怎么了？”

“听说是从小田原开上来的卡车，在雪里打滑翻车了。”

“公共汽车和那辆卡车撞车了？”

“不清楚。已经派力工去了，正在打听消息。山上连电话都没有。”

二十分钟以后，听到四点半的公共汽车开动的消息，水原和麻子这才放了心。

候车室里除水原和麻子二人外，没有其他人。

已经不能在雪天的夜路中回到山上的旅馆了，所以二人进了与候车室相邻的旅馆。

一问来准备卧具的女招待，说是院子里的雪已经有一尺到一尺五寸厚了。

“古书里有‘雪枕’这个词，这可真是‘雪枕’了。倒霉啊。”水原苦笑了一下。

“窗外是湖水。这是湖岸的旅馆吧。”

“好像是。”

风从湖面吹来，木板套窗和玻璃窗都响了起来。陈旧的六张榻榻米的房间里，坐垫硬硬的。

雪花吹进走廊里。

“爸爸，天冷，您没法休息吧？我到那边去吧。”

“好吧。”

“今天晚上又睡不着了。不过，姐姐能安全回来吧？真担心哪。在大雪的山里已经三个小时……”

麻子枕在枕头上看着父亲。

京都的春天

一

樱花季节，水原带着两个女儿来到京都。

一个因为东京的房屋在战争中被烧而移居京都的人，由于买了新房子，请水原进行了房屋改建和茶室设计。

“时隔七年，今年京都艺伎舞又恢复了，一定要带着女儿来赏樱花，请顺便看看我的房子——那个人是这么说的。”水原对女儿们说。

但是，百子和麻子忽然相互对视了一下。

“爸爸不是还有一件顺便要办的事吗？”百子过后说。

麻子点头说：“爸爸是要给我们介绍京都的妹妹吧。”

“给我们介绍吗？用不着那样正经八百地介绍。我讨厌。”

“不过，姐姐你也一起去吧？”

“我啊，我不想去。”

麻子看着姐姐，现出悲哀的样子。

“从前，爸爸带我一个人到热海去，这次又只带着我去京都吗？姐姐好像继女似的，爸爸不可怜吗？”

“不过，你想去见京都的妹妹，当然可以去，可我不想见她，也可以不去的。”

“那——只有姐姐一个人留下来。我也不去了。”

“哟！难道这样爸爸就不可怜了？”

“如果换我不去的话，爸爸也不会让姐姐去见京都的妹妹吧。”

“你说什么？爸爸当然是更想让我去见京都的孩子。你承认那个孩子是妹妹，而且自己到京都去找过她。在爸爸看来，这也就可以了吧。不过，因为我不承认她是妹妹，所以也许爸爸更想让我去见她吧。”

“啊，真复杂。”麻子摇了摇头，“姐姐想得太复杂了。”

“是啊，是复杂呀。”百子也笑了。

“姐姐的这种麻烦，是我妈妈造成的吗？因为我妈妈是你继母吗？”

麻子的语气很轻松，百子的笑容却消失了。

然而，麻子用同样轻松的语气，继续说：“我妈妈去世以后，爸爸和姐姐之间反而变得像继父继女似的。我一想到这里，就感到有些莫名其妙，心里很难受。”

“难道不是麻子想得太复杂了吗？”百子接着转了话头，“麻子，你相信你妈妈是真的对我很好，现在你这么说，我也不介意。你相信你妈妈吧？”

“是的。”

“那我也去京都吧。”

“是嘛，那太好了。”

“你的好妈妈去世，爸爸感到很寂寞，我好像故意使他更加寂寞，那就不对了……”

“就连我，也很寂寞呀。”

“就连我也很寂寞。”

麻子点了点头。

隆冬的芦湖上，竹宫少年和驾驶汽艇的姐姐的身影，浮现在麻子眼前。

“也许爸爸不是打算让我们去见京都的妹妹。也许只是带我们去赏花。你一个人留下来，总觉得你太寂寞……”麻子说。

“是啊。”百子答道。

水原和两个女儿乘坐晚上八点半的“银河”号列车离开了东京。

二等车厢比较空，三个人占了四人的座席。就是说，他们有一个人能躺在座席上。

最初水原躺在那里，但是怎么也睡不着，便在沼津附近换了百子。

百子也说睡不着，过了静冈之后又换了麻子。

“爸爸去睡卧铺怎么样？好像还有一个空位，问问列车员吧。”百子劝说道。

但是，父亲感到难得这样十个小时有百子在身边，不想一个人离开。

麻子真的睡着了。

“看来还是麻子最天真，已经睡着了。”百子说。

“嗯。但是，带她到热海去的时候，她好像总也睡不着。”父亲说。

百子沉默片刻，望着行李架上面，说：“看来都是一些经常外出的人，行李很少啊。”

“是啊。社会基本上已经恢复到战前状态了，能够随便旅行了。”

“爸爸已经习惯旅行了，可坐夜车还是睡不着觉？”

“并不是睡不着。”

“那您就睡吧。”

“百子最好也睡一会儿吧。”

“是的。只有我一个人不睡，麻子又要说我像继女了。”

“麻子说那种话啦？”

“所以我回答说，麻子相信妈妈没有把我当继女对待，这就好……”

父亲闭着眼睛，沉默不语。

“这么说，爸爸和我都给麻子添了很多麻烦……”

百子说着也闭上了眼睛。

“妈妈去世以后，麻子认为家中的事情是自己的责任吧。爸爸的事情，我的事情，麻子都想自己给办好……”

“是啊。”

“为了麻子，我还是离开这个家为好，”百子说完，又像紧追这句话似的说，“对吧？我心里明白得很。”

“不要说没用的话。麻子也许会听到。”父亲睁开眼睛。

“她正睡着呢，”百子仍闭着眼睛说，“麻子尽早结婚才好。不愿意让她重蹈我的覆辙。”

百子闭着眼睛，眼睑的里侧隐隐作痛。

“不过，爸爸无论如何也不会让麻子出去，那样多寂寞……”

“不要这么说。”

“是啊。我很清楚。”说着，百子的肩颤抖了。她感到有些可怕。

麻子和自己——妹妹和姐姐，在争夺着父亲的爱。

就像麻子的母亲和自己的母亲争夺父亲的爱那样……

这是没有的事。百子又否定了。两个母亲并不是争夺父亲的爱。自己的母亲和父亲的爱破裂之后，麻子的母亲和父亲的爱才开始。并不是两个女人同时爱着一个男人。时间上不相吻合。

但是，即使消除了这种想法，百子心底的疑虑之火并未熄灭。

那火像是映照在眼底深处，百子感到可怕。

自杀的母亲的爱附在自己身上，这是她的命运吗？

“父亲对我和我母亲的两份爱本该属于我，这爱却被继母和异母妹妹分享。我难道对此产生了嫉妒吗？”

百子悄悄离开父亲，身子靠在列车车窗前。

百子总感到父亲好像睁开眼睛盯着自己似的。

可是，父亲很快就睡意蒙眬了。

麻子在车到米原时起床。

麻子有个好习惯，一睁眼就微笑。

“真讨厌。大家都起来了。大家本该睡觉的，可是看样子一点儿也没睡，都在看着我哪。”麻子睡眼惺忪地说。

“因为年轻的姑娘贪睡呀。”百子也笑了，环视四周。

男乘客一般都早起洗漱过了，显得很整洁。百子也化妆完毕。

洗脸间的水没有了，麻子只用雪花膏擦了擦脸。

麻子为擦一擦脖子下面而解开了罩衫的一个纽扣。百子觉得有人偷看妹妹的肌肤，不由向四周看了看。

“稍微向后一点。”百子给妹妹正了正头发。

“琵琶湖。早晨就阴天哪。”

麻子望着湖水。

“早晨就这样阴天，今天反而会是好天气的。”百子说。

但是麻子说：“有这样的风，阴天也不会出彩虹的。”

“彩虹？啊——说的是去年年末你从京都回来，在琵琶湖见到的彩虹？”

“哎。那个人说，无论多少次经过东海道，能否第二次看到琵琶湖上的彩虹，那就不得而知了。”

“一个男人自己带着婴儿，把婴儿照顾得很好，是你很佩服的那个人吧？”

"是的。他说琵琶湖岸上油菜和紫云英很多，在春花盛开的季节出现彩虹，觉得有一种幸福感。"

父亲也向窗外望去。

见到了彦根城。城下开着几树樱花。

列车驶入山科，樱花多了起来。有来到花的京都之感。

京都街头，艺伎舞的红灯笼连成一串，行驶着的市营电车侧面悬挂着大大的"知事选举"的文字。

水原和两个女儿到了三条附近的旅馆，吃过早饭后让人铺好了被褥。

麻子醒来时，父亲不见了。

枕边有一张父亲留下的字条。

因你二人睡得正香，便未叫醒。我到大德寺去，傍晚回来。请去看京都艺伎舞。

麻子心里一惊。

父亲的字条上面放着两张京都艺伎舞的入场券。

二

水原一进大德寺的小庙聚光院的庙门，两条黑狗就先从里面跑了出来。

这狗在房间里饲养，显得个头儿有些大。长得很相似的两条狗像立正似的并排站着，从上面俯视水原，没有叫。

水原不由微笑了一下。

“唉哟，水原先生，好久不见了……”夫人说，“突然大驾光临。”

“好久不见了。”水原说，“很有趣的狗啊。站得整整齐齐来迎接我的时候，有些像行脚僧呢。是什么种？”

“嗯—— 什么种呢？”夫人漫不经心地答道，“算不了什么好种吧。”

“还是原来那样啊。”水原想。

水原被让进屋里，又寒暄了几句后，夫人起身走了。

“没有什么好款待的，给你看看花吧……”

夫人边说边返了回来。

孔雀绿的花瓶里插着三朵大朵的白山茶花。

水原感到那是清洁的纯白。

“是单瓣的。不，有一朵是重瓣的。”

夫人把白山茶花放在墙角的小桌上。

“方丈庭园里的大山茶花也在盛开吗？花期已经过了吧。”水原说着，想起了大山茶花那边以比睿山为借景的庭园。

“花还很多吧。因为山茶花开得时间长。”夫人说。

水原看到前面一个小花瓶里的花，问：“那是什么花？”

“那是——什么花呢？野百合吧。”

“野百合？野百合，写什么汉字呢？”

“嗯——写成‘倍芋’吧，成倍的块根的意思吧。”夫人随便答道。

水原不解其意，笑了起来。

“‘倍芋’吗？”

形状介乎君影草和桔梗之间，花呈绿色，确实开在像薯类一样的细长的蔓上。

“这次是水原先生一个人吧。”夫人说。

水原感到，这个人不知道自己的妻子已经去世。

“其实……”水原现出一副难以启齿的样子说，“我是想见菊枝才到京都来的。”

“啊——”

“就是以前一起去拜访过的那个女人……”

“是，是。”夫人点头说。

“还抱着孩子来过。”

“是，是。”

“其实早就分手了。所以我想，在寺院见她更方便些。虽然或许有损于寺院……”

“她到这里来？”

“大概会来的。”

“是吗？”

夫人似乎没有介意。

“茶水等她来了以后再上吧。是啊是啊，把我家的和尚叫来吧。我以为是谁来了呢，听说是水原先生来了，我很高兴啊。”夫人站了起来。

老僧进来了。他好像是轻度中风后遗症，一条腿有些瘸。

一头漂亮的白发，出乎水原的意料。

长长的胡须和腮须配着气色很好的圆脸。老人的脸色很美。白白的眉毛很长，与其说是僧人，不如说更像一位仙人。

他的长胡须像少女的发辫似的，从胸部直垂到肚脐附近。编成辫子的白胡须似乎闪着金光。

水原呆呆地看着，说：“你的胡须编得真巧啊。”说着，用手势比画着编成辫子的胡须。

“这是向阿伊努人学的，”老僧说，“前年去北海道的时候，阿伊努人教给我说，这样不碍事。的确很方便。”

听到这话，不由令人想起把浓密的白发系在脑后的阿伊努老人。

“完全成了一个土人，京都街上的土人。”老僧笑了，“我不喜欢光头，看我的头也……”

“这很好啊。”水原说。

“光头本来自己就能剃得很好，得病以后手不方便了，就不能剃了。去理发店，说你剃光头收五十日元。在寺院很缺钱的年月，花这钱显得太糊涂了。”

老僧说着又笑了。

在长长的白眉下面，老僧的眼睛显得炯炯有神，黑眼珠很大。眼睛的颜色倒让人觉得有些像阿伊努人，但水原感到那心灵的澄澈。

“请问老师傅多大年纪？”

“噢——七十岁了吧。”夫人答道。

水原说起京都的熟人，老僧有听不清的地方。

“老师傅好像有点耳背吧。”

这话老僧听到了，说：“什么时候呢，那里的跳板踩空了，跌到院子里了。从那以后好像耳朵就坏了。有人说黄莺在叫，自己听不见了。可是，有一天早晨，洗脸的时候，一抽鼻子，黄莺的叫声不是又进耳朵里了吗？”

水原不由侧耳细听。

“现在黄莺在叫呢。”

真的听到了黄莺的叫声。

寂静中好像有菊枝走来的脚步声。水原在侧耳细听以后，说：“来京都一看，见到处都是花，可是大德寺里没有樱花也不错啊。这里几乎没有吧。”

“因为樱花会把庭园弄乱的。”老僧说。

“花落满地，落叶也把庭园弄脏了。”夫人补充道。

老僧继续说：“樱花在寺院里太闹人了吧。大德寺的和尚在花里高高兴兴的，也不成体统。”

老僧说，这里只有一棵过去近卫公栽的称作近卫樱的樱花。

水原一边听着，一边在脑海中描画着从松树下的铺石路上走来的菊枝。

但是，那个女人已经有若干年没见面了，现在变成什么样了呢？

黑色的山茶花

一

京都女人的腿很美，嘴唇也很柔软，也就是说肌肤很好。而水原之所以想起这个，是因为菊枝也是这样。

水原在老僧面前，想起了菊枝柔软的嘴唇。

那是像把男人的嘴唇吸住似的嘴唇，黏糊糊、滑溜溜的，水原触及菊枝嘴唇的一刹那，立刻感觉到她全身的肌肤。

但是，水原咬过菊枝嘴唇的牙齿早就脱落了，现在的门牙是假牙。

菊枝的嘴唇也已经变硬了吧。

“老师傅，您的牙好吗？”水原不由问道。

“牙？土人的牙是很结实的。”老僧让水原看大胡子里面齐整的牙齿，“我就是如你所见的这种土人。可大德寺的建筑，战争以来就像老人的牙，到处晃晃荡荡，稀里哗啦，再过十年，连影儿都不见了吧。”

夫人也气愤地诉说如今的孩子怎样糟蹋寺院。她说棒球的祸害最为严重。

“天皇的国宝桃山鸟，也啪啪地被球打中，羽毛都打掉了，鸟也打死了。有的鸟连头都不知被打到哪儿去了。”

“太不像话了。”水原也说。

“战后颓废派的孩子，也都是些胡作非为的家伙，尽情胡闹，尽情捣乱，谁说什么也不听。他们非常错误地理解了自由。”

老僧的夫人围着宽宽的藏青色带碎白花的围裙，像是从大原到京都市内卖货的女商贩。夫人也使用了“战后颓废派”一词。

夫人说，棒球经常飞到庭园里，孩子每次跳墙过来，都会把瓦弄掉。

为避免他们在寺院的庭园里不管不顾地玩耍，在南边修建了一座运动场。那邻近的小寺墙损坏得十分严重，听说无法支付巨额修缮费。

老僧说，过去门前的街上一般都住着为大德寺做事的人，而现在住进了从别处迁来的人。他们的孩子对大德寺一无所知。

“汽车也呜呜地开进寺院里来。和尚为图方便，也搭乘汽车到寺院来。正门下面原有一根横木，为了不让过车，而现在把那根横木都挪走了。”

老僧慨叹着寺院荒废，而其体格却像春山一般。

“老师傅，只要想起那个分手的女人柔软的嘴唇，就觉得可怜。”

水原真想这样对老僧说起自己过去的那个女人。

菊枝的头发并不红，但眉毛的颜色显得有些淡。好像色素不足，肤色相应地也就白皙。

也可以说，这淡淡的眉毛，美丽的腿，柔软的嘴唇，反而更容易促成水原和菊枝的分手。

因为这样的女人性情寡淡，易于灰心。

后来，水原在京都也见过口形像菊枝的女人。嘴唇和牙床很吻合的口形有这样的特点：牙床不大，也不凸出，说话时齿龈时隐时现，让人感到那嘴唇的滑润。

嘴唇的红色淡而明快，水原怀疑她涂的口红和东京女人的口红颜色不同，而实际上是嘴唇的本色不同。牙龈和舌头的颜色也是纯净的粉红色。

每当见到这种口形的女人时，水原便想起菊枝，在涌起的新的悔恨中，不由叹出声来。

水原想对老僧说菊枝的事而未能说出口。夫人向投到庭园苔藓上的树影一瞥，说：“来了。”说着，起身向外走去。

水原顿时百感交集。但奇怪的是，自己并不是对菊枝内疚，而是对死去的妻子感到过意不去。好像是在瞒着妻子偷偷和菊枝约会似的。水原对这种奇怪的感觉感到很吃惊。

菊枝首先对老僧问候，随后只向水原随便瞥了一眼，说了一句：“让你久等了。欢迎你。”

“狗出来迎接，感到惊讶吧？”水原说。

“这次是猫。”夫人在一旁若无其事地说，“可是，这猫不亲近人，只是在铺地板的房间里慢腾腾地走过去。”

菊枝微微笑了一下，说：“狗也从里屋窥视呢。”

“是吗？”

“这房子成了狗和猫的家了……”老僧开了句玩笑，“但是，比起狐狸的家来，还是好的呢。”

老僧恍恍惚惚地看着菊枝，好像有些想不起来是谁了。

夫人见菊枝有些拘束，说：“一直等着你，还没上茶呢。”说完又看了一眼水原，“怎么样？还是到榻榻米那去吧。”

“好吧。”

水原站了起来。

他们来到的这间三张榻榻米的茶室，传说是移过来的利休剖腹的房间。

“你点茶吗？”夫人对菊枝说。

“太麻烦了，还是沏茶吧。”

“老师傅怎么办？”水原问。

“我们还是不点茶轻松啊。给老师傅在那间屋里点茶吧。”

夫人说完走了。

“我很想见你。”菊枝在昏暗中用小圆竹刷搅着茶，压低声音说，“电报上说让我到聚光院来，我觉得有点奇怪。如果告诉我火车的时间，本可以去接你。也许你是和谁一起来的吧……”

“是的。是带着两个女儿来的。”

“唉哟！”菊枝仰起脸，“和女儿一起来赏花吗？”

“今天早晨到的。我是趁女儿睡着出来的。”

“不要，那样，我，不好受……”

茶碗在菊枝手上稍稍转了一下，那手有些颤抖。

水原夹起大德寺纳豆尝了尝。

菊枝坐着蹭近水原，说：“如果这里不是利休先生的茶室，我真想和你亲热一下。”

水原也环顾茶室，感到有些压抑。

“只有你我两个人在这间茶室，有点害怕。我们俩一起死了都行。”菊枝说，“以前，在利休忌日，我陪着你来过这里吧。”

“是的，什么时候来的呢？”

“几年前的三月二十八日。不记得了吧。真薄情啊。”

二

“夫人，是百日红吗？”菊枝看着庭园右侧的树，问道。

“是菩提树。”夫人大声说，“树叶和百日红不一样。树枝也不像百日红那样小里小气的。”

“这就是菩提树啊。”

“释迦牟尼圆寂的时候，这树突然枯干，变成白色了。涅槃图上也画着呢。”

“真是珍贵的树啊。”

“开大朵纯白的花。如果见了那花落的样子，对《平家物语》开头的词句就理解得更好了。祇园寺院的钟声，菩提树的花色……一到傍晚，那开放着的花骤然落了下来。”

“是早晨开，傍晚落吗？”

“是的。”

夫人离开水原和菊枝，在住持住室一角的廊下坐了下来。

夫人是见二人没有从茶室回来而前来看望的吧。

二人在这以前已经离开茶室，来到住持住室的廊前。

夫人也来到那里。她为了能看到隔扇的画，打开了纸拉窗，自己拉开距离坐下。

水原对隔扇的画和庭园的置石已经看过多次了。他不想再看什么，随便坐在廊前。

菊枝坐在水原的身后。

“墙跟前的树，是菩提树的第二代。”夫人说，“是在这里长的，不是从天竺国引进的。不知开什么花呢。”

“还没开花吗？”

水原看了一眼那棵小树。树枝不是弯弯曲曲，而是像杨树一样直直地舒展着。

“还没开花。”夫人答道，又若无其事地看着菊枝，说，“你也不要太辛苦了。哭着过日子，笑着过日子，都是一辈子啊。”

“噢——”

菊枝感到很突然，不由回过头来。

“不管怎么说，这个人世很苦，但是总那么紧张也受不了。还是轻松一些吧。”

“谢谢！真是那样。”

“没什么。本来没什么事，一旦想不开，也会很苦恼的。”

“虽说是那样，但我们总是想不开。我经常到寺庙来，听老师傅开导，还能稍稍想开一些……”

“那可不行。我家的和尚除了能想开以外，什么能耐都没有。只有能把事情想得开这一点了。但是，除了这一点以外，已经到了不能劳动，没有什么欲望的年龄。当然这也就可以了。噢，他如果能活下去的话，还是能看出些问题的。”

“上了年纪以后，如果还有很大的欲望，那就太不像样了。”

“是啊是啊。欲望，也不仅仅限于金钱……为什么托生成女人呢？现在你也这样想吧？”

“是啊。”

“是那样啊。”

夫人说完，站起身走了。

菊枝看着夫人刚才在走廊坐过的地方，对水原说：“夫人说的倒不错，可好像是教训我似的，很憋气。你对她说过什么吧。”

“没说什么呀。我只是说和你在这里见面……”

“是吗？她是看透我的心思了。我辛苦又消瘦，外表也不干净，这是没办法的。你说和谁见面了？”

与自己已经分手的女人——这样说，水原有些难以启齿。

“好像有人说是我勾引你，那可不行。真是无聊。”菊枝微笑着看了一眼水原。

水原一点也没感觉到受勾引。

菊枝不过是与自己已经分手的女人，或者说无疑是与自己已经分手的女人。但是，现在菊枝在自己面前，反而好像并没有感觉到她是自己“昔日的女人”似的。

可以说是一种幻灭，不过如此而已。

但是，并不是因为现在的菊枝和“昔日的女人”在容貌上变了样。同样是色素不足似的淡茶色的眼睛，过去一拥抱就闪着清澈的光，而如今则显得有些迟钝。那嘴唇也有点污浊。颇像嘴唇颜色的乳头也许同样稍稍有些干瘪吧。但是，菊枝比实际年龄要显得年轻，并不像自己说的那样憔悴。

水原想，由此看来，分离的岁月已经把自己和菊枝隔开了吧。

水原似乎是隔着岁月之墙来和菊枝相会。

不，并不是和菊枝相会，似乎是和岁月本身相会。

二人的事是时间予以解决的，就让时间予以磨灭吧。

既然已经断然分手了，满可以这样干净利落地结束，但是水原毕竟感到寂寞，感到对菊枝的感情并未了结。

水原在心中努力重温过去对菊枝的眷恋和爱慕之情。

然而意外的是，死去的妻子在水原心中又活灵活现地浮现出来。

水原怀疑，由于失去了最亲密的妻子，致使对菊枝的感情也失落了吧。

水原无法知道菊枝现在在想什么。菊枝刚才说的话是不是出于真心呢？

水原为进一步和菊枝拉近感情，急不可待地说："实际上，去年，我妻子去世了。"

"哎呀！"

菊枝惊讶地看着水原，眉宇间现出忧愁。

"是嘛。我一点也不知道。你很悲伤吧？真可怜哪。"

菊枝面带愁容，好像要哭：

"我总念叨你，不知你怎么样了，是不是遇到什么不利的事情。"

"我三个女儿的三个母亲，现在只剩下你一个人了。"

"真是这样啊。不好的反而剩下了。真奇怪，不公平啊。"

"我如果死了，能想念我的女人，也只有你一个人了。"

"不要吓唬我了。你说这样的话，我觉得不好受。"

"可是，难道不是这样吗？"

菊枝凝视着水原。

"并不是为了想让你在我死后想念我，我是没能更好地照顾你。真对不起。"

"你说什么呀！这话该对你夫人说吧。我得到你的照顾，一天也没有忘记。"

水原向菊枝致歉，但正如菊枝所说，也像是向死去的妻子致歉。

“你夫人去世了，你为什么来见我？如果不说清楚，我心里不好受。在旅馆里等着你的女儿知道了，会怎么想？”

水原不知如何回答才好。

“我不愿意这样。”菊枝摇头说。

沉默片刻，二人站了起来。

“到利休的墓那里……”在寺院门口，水原说。

“噢，现在就开。”

夫人拿来钥匙，打开栅栏门。

菊枝站在利休的墓前，说：“你夫人的墓，已经修建了吗？”

“噢，还没修建。”

“是吗？你夫人也到利休的墓来过吧。请你参拜你夫人参拜过的墓，请你谅解。”

这个说完话便双手合十的女人，水原感到她像个谜。

这是她的真心还是习惯呢，一时难以辨别。

虽然菊枝是水原“昔日的女人”，可现在无疑成为照顾别的男人的女人了。

三

出了聚光院的门，一条道路伸向西面稍稍高起的尽头，那里面有小堀远州的孤篷庵。

从孤篷庵向西有一条通往本阿弥光悦的鹰峰的路。水原以前曾经走过。

水原站在从聚光院到孤篷庵的笔直的路上，观望着斜长的静静的松荫竹影。

路的北侧，有一排小庙。

“聚光院的老和尚，打扮成那个样子了。”菊枝说。

水原仍望着路，说：“他说自己是土人，那是向阿伊努人学的……”

“是吗？真让人惊讶。”

“多有趣的顶相啊。”

“什么？”

“禅僧的肖像叫‘顶相’。”

“是吗，叫‘顶相’？我记下了。编成辫子的胡须，我从来没见过。”

“是个怪和尚。”

“看他的胡子，不管它，让它随便长，长成那样也很好啊。那真是一张男子汉的脸啊。”

“年轻的时候是个漂亮和尚呢。听人说他好像能当管长[①]，但是被尘世的波浪冲走了吧。”

“他年轻时受到尘世的熏染，后来是不是改掉了那些毛病，

---

① 日本佛教管辖一宗一派的首脑。

真正觉悟了呢？有脱离烦恼即是佛的说法吧。”

水原向总见院的门走去，说：“山茶花正在开吧。”

在麦田那边，传说太阁秀吉生前所喜爱的大山茶树正开着花。

在战争中，把庭园改为田地了吧。麦子已经出穗，在青麦的衬托下，一棵大山茶树格外好看。白色和浅红相间的山茶花，对山茶树来说花朵是较小的。

“抱着若子到这里来，是在十五年前吧。”菊枝说，“那时庭园里谁也没有。谁也没有，只有花。若子说的这话，你已经忘记了吧。”

“是啊。”水原回想起来，感到世上好像只有一棵大山茶树。

“重新回到那个时候，该多高兴啊。今天，如果是和那个时候那么年轻的我相会，该多高兴啊。”

“可如果只有我上了年纪，多难堪啊。”

“没关系。因为男人没有年龄限制。只要我年轻就可以。”

“这话欠考虑吧。”

“欠考虑的是男人。问问自己的心吧。哦，女人上了年纪，考虑得就很复杂……”

“你呢……”水原有些郑重地说，“打那以后，你没什么变化吗？”

“唉，谢谢你。托你的福，还算可以。”菊枝照例继续说，“人是在什么时候也必须要忍耐的。好时候是不长的。”

水原已经不能干预菊枝的生活，但感到战时、战后从事接待行业的菊枝，雇用着两个小姐，似乎有其难言之隐。

“对若子，我妻子一直到死还好像还放心不下哩。”水原说。

“是嘛，谢谢。太对不起你了。在你夫人的忌日，要好好祭奠她。”

对菊枝这一道谢的话，水原听来感到淡淡的。

“我会好好抚养若子。”

这种说法，好像她是收养了别人家的孩子似的。

“若子的姐姐为若子操了不少心。”

“姐姐怎么样？”

“有子吗？出去了。”

说出去，是指出去当艺伎了吧。

水原从大山茶树前离开，走出大门。

“有子也许因为从小就很苦吧，待人很冷淡，就连对若子，也没有姊妹间的热乎劲儿。”菊枝一边走着一边说，“若子性情倒温和……”

“把她带到这里来就好了。”

“想要把她带来的。我也不知道这样对你是不是方便……”

“我不能公开以父亲的身份见面吧。”

“你说什么呢？小时候你疼爱她的事，怎么能忘记呢？我说去见爸爸，若子眼含泪水把我送到外面。”

“是吗？”

“她姐姐有子，去年生了一个女孩儿，孩子的爸爸很有趣。虽然很年轻，却把孩子领到东京，一个独身男人，竟把孩子抚养起来了。他抱着孩子乘火车，让孩子见母亲来了。那样出奇的人真是少有。他说可以和有子结婚。这不是一件很好的事吗？有子却不愿意跟他。虽说这样做会遭报应的，可她觉得那也没什么。她说，即使你觉得合适了，我也不能让若子去工作。因为我很尊敬若子的父亲，所以对若子很照顾。但是有子是个很怪的孩子，即使人家来京都了，她也不怎么让人接近她。连照看孩子也是若子替她多方关照的。太可怜了，我实在看不下去，就下决心说说他了。你呀，这不是艺伎的孩子吗？也不知道是否真是你的孩子。即使把她扔了也没关系。就说我吧，我就这样抚养了两个没有父亲的女儿……可不管我怎么说，他也不听。我真想对若子说，你把这孩子带走逃到哪去吧，这样他也就死了这条心了。”

尽管菊枝不至于把那奇特的父亲与水原作比较，以责怪他，水原却很难过。

同时，水原想，去年年末，麻子从京都回来同乘一趟火车的那个带着婴儿的男人，就是若子的姐夫吧。

此外，水原通过菊枝刚才说的话，知道了菊枝和自己分手以后，似乎没有再生孩子。

还知道了菊枝给水原生的若子，正在菊枝身边悉心抚养着。

“说实在的，他前天又抱孩子来了，说今天去看京都艺伎舞。”

“是吗？我女儿也看京都艺伎舞去了。”

“真的吗？那可真是……”菊枝很吃惊，“能见到吧，怎么办？如果若子跟看孩子的人一起去的话，也许能见到你女儿。”

“是啊。”

“说‘是啊’就行吗？我可不愿意。她们没见过面，即使见了也不认识，这都没关系，但是若子很可怜。多可怜啊。很抱歉，我不想让你见你的女儿。如果若子见到爸爸，她也许会很高兴的……”

“这个事啊……”水原说，“我是想向若子引见，才把女儿带来的。”

“是吗？”

没想到菊枝很平静。

“是你夫人去世之后吗？”

水原像被冷冷地刺了一下似的，说：“不是的。去年年末，麻子瞒着我和她姐姐，自己到京都来找过妹妹。”

“是吗？我一点也不知道。”菊枝似乎也吃了一惊。但是，仍然冷淡地说，“眼不见心不烦。即使不找，她也是在这里的。我是不会让她做令人背后戳脊梁骨的事的。”

“麻子绝不是来探听你们的情况的。她连对我们都没说，她是带着自己的一片好意来的。也许还带着失去母亲的感伤。”

菊枝点了点头。

“对不起，因为我们性情乖僻……这话说得太突然，所以还没有做好移交的准备。”

“那就希望你考虑一下准备移交吧。”

“唉，谢谢。因为若子也是‘父母所生之身’哪。”没想到菊枝使用了佛家语，“就是说，你要领回若子？”

“嗯，那……”水原有些含糊其辞。

“是嘛，若子有若子的运气。那孩子没有忘记爸爸。这我可以断言。”

“是吗？我呀，有三个女儿，三个异母女儿，女儿们都想着我……”

“是的。放心吧。女孩子怎么也会有出路的。”

二人笑了，互相看了一下。他们这才注意到正在站着说话。

脚下竹影横斜。

一进龙翔寺的门，长方形的石板铺的道路两侧，长出新叶的枫树树枝向外伸展着，明快的绿色映照在地面上。

在战争中，水原和龙翔寺的老僧曾在上海见过面。

他比聚光院的老僧年轻得多。他一本正经地讲述对中国的回忆和近来在美国兴起禅研究的话题。

水原听说有用屋后竹林的竹笋做的菜，便向茶室走去。

“啊，黑山茶啊。”水原说着，走近挂在墙壁上的花。

“没有好花蕾很遗憾。说实在的，今天早晨我起早去看过的，有花蕾正合适的花枝。我想还是新枝好，刚才去折，怎么也没找到。绕着山茶树转了好几圈，早上见的那个花枝竟然没有了。在庭园的角落里，万没想到有偷花的人。真可惜。”老僧站在水原的身后说。

这竹筒的花枝上也有花蕾。但是，老僧好像更想让水原看到黑色的花蕾似的。花蕾比花还黑。老僧说一到春天，黑色就淡了，意思是说颜色越黑越好。

这里的黑山茶花也是小花，像天鹅绒般厚厚的花瓣附在颇似松塔形的花托上。是品种优良的山茶花。

出了龙翔寺，顺便到了高桐院。

在这里又进到传说是把利休的住所移来的茶室。

“和白色棣棠在一起的，是六月菊吗？”水原看到了壁龛里的花。

“是的。是六月菊。”老僧回答道。

六月菊颇似野菊花。

“东京已经没有貉了吧。”老僧说，“这地板下面就有貉。”

“噢，一条吗？”

“好像有三条。经常到庭园里来玩。”

截去庭园后门的底部，做成了貉出入草丛的通口。

水原来到庭园，参拜了细川幽斋的墓。

“石灯笼就是墓，真好啊。利休的墓也很好。这些人真让人羡慕啊。”水原说。

水原转到灯笼后面，去看缺了一块儿的地方。

菊枝从水原身后说："请给我一瓣黑山茶的花瓣吧。"

"噢，这黑山茶花？"

水原手上正拿着从龙翔寺要来的插花。

"我要拿给若子看……"

"是啊。"水原把黑山茶花的小枝递给菊枝。

"一片花瓣就可以了。"菊枝揪了一片花瓣。

水原要来这黑山茶花，就是想让女儿看的。

美丽的篝火

一

麻子见姐姐正在睡觉，悄悄走出房间。女仆在走廊见到麻子，说：“您洗洗贵面吧。”说着从后面跟过来，打开洗脸间的电灯，放好了水，拉上后面的窗帘。

这家旅馆的洗脸间，为使每个人都能使用而间隔开来，三面都是镜子。

麻子一边洗着“贵面”，一边想起今天早餐的“贵薯”和“贵豆”。京都的小薯和豌豆都很软，但同样很软的笋和腐竹，不说“贵笋”和“贵腐竹”。

趁着百子还没起床，麻子想偷偷给去年岁暮来京都时住过的朋友家打个电话，但是对父亲来京都的目的以及姐姐的心情都不甚了然，所以感到不能疏忽大意。

麻子回到房间，浏览京都艺伎舞的说明书。

百子说：“爸爸呢？”

麻子回过头来，说：“你睡醒了？”

“还没睡醒。在火车上就我一点儿也没睡着。爸爸还迷迷糊糊睡了一会儿呢。”

麻子把父亲留的字条递给百子。

百子不以为然地说：“是吗？大德寺？”

“真不该这样。到这里就早早地把我们甩下不管了。”

“可以呀。自由吧。三个人都自由行动吧。”

麻子看着姐姐的脸。

“麻子，你去看京都艺伎舞吧。我再稍睡一会儿。”

“别睡了，已经十二点半了。”

百子在被头上屈指一数，说仅仅睡了四个小时。但她还是起床了。

麻子让百子看附有照片的京都艺伎舞说明书，再三劝她去看。百子勉强同意了。

麻子说，从明治五年开始持续七十二年的京都艺伎舞，在昭和十八年由于战争而中断了。时隔七年，今年春天又恢复了。

“你看，这上面写着大街两旁屋檐上挂着成排的红灯笼，意味着正在举办京都艺伎舞，意味着祇园供夜间观赏的樱花正在盛开。”

“是吗？我们还是女学生的时候，到这里来修学旅行，还请舞姬签名呢。太平盛世的年代呀。”百子也说。

但是，小妹妹不就出生在京都的烟花巷中吗？

麻子似乎不知道妹妹的身世。百子想，那是因为她死去的母亲隐瞒得很严。百子也只是模模糊糊地知道一点儿。

而且，假如没有使京都艺伎舞中断的战争，父亲能同京都的女人分手吗？百子对此持怀疑态度。难道不是战争硬把父亲和那个女人分开的吗？

总之，如果小妹妹是出生在京都艺伎舞的街市的话，那么，父亲让她的两个姐姐去看京都艺伎舞，是胆大妄为呢，还是有什么企图？百子像受到羞辱似的，没有去的心思。

百子对镜而坐时，麻子坐在旁边不时地向上拢着姐姐后面的头发，并翻开京都艺伎舞的说明书浏览。

明治二年，在祇园石台阶下建立了日本最早的小学校。把艺伎和舞姬称为妇女职工，把艺伎业管理所改为妇女职工提携公司。那正是维新后的混乱时期。

从明治四年秋到五年春，日本最早的博览会在京都召开。那次博览会上的舞蹈就是京都艺伎舞的开始。

这是百子从书本上知道的。

“这次战争，艺伎不是当了妇女职工吗？动员出来义务劳动……不过，现在得叫女工人了。”百子发牢骚似的说，“但是，战争结束后，社会上舞姬的腰带还是系成蝴蝶结飘带的样子呢。”

“那是舞姬的象征。不过今天报纸登出消息，说给京都艺伎会演送茶的孩子里有年龄太小的，违反劳动法。”麻子也说。

“舞姬蝴蝶结飘带的系法，很像相扑力士的顶髻。想来真有些奇怪。”

“是的，是有些奇怪。不过，如果相扑力士没有顶髻，反而滑稽可笑，所以一想也是奇怪的。和尚的头和袈裟，也许都是很奇怪的。”

“像相扑力士的顶髻和舞姬的蝴蝶结飘带之类的东西，在我们日常生活中，在我们心里，也是有的呀。各种各样……”百子说着站起来。她的腰带系得很精巧。

麻子见了，说：“舞姬的腰带系法和姐姐的腰带系法，难道不是五十步笑百步吗？”

“是啊。在穿戴上，总觉得一方面在追求时髦，模仿别人；一方面囿于传统或习惯，也是模仿别人，真没办法。虽然都说模仿便失去了美。”

姐姐把掉下来的头发揉作一团放在梳妆台的一端，麻子把它拾起来，扔到废纸篓里。

“不用你呀。不要干多余的事，我自己扔。”

百子低头看着妹妹，皱起眉头。

由于新京极和河原町路上的人太多，百子她们便过了三条大桥，沿一条又直又长的路向南直到四条。

三条大桥是新建的。桥的栏杆是木制的，有青铜制的葱花形宝珠装饰。

桥旁的高山彦九郎铜像不见了。

从桥上看到河的上游云雾蒙蒙的北山，看到对岸绿色的柳树，又看到翠绿的东山上的樱花，百子也感受到了京都的春天。

京都艺伎舞的歌舞排练场一直租给演出公司，成了电影院，所以今年歌舞排练在南座举行。

茶座也没有歌舞排练场时的气氛，是兴味索然的西式房间。把衣服穿得很正经的艺伎起立行茶道礼。

“唉哟！”

麻子正要坐在圆椅子上，不由叫出声来。

“啊，那时候……”对方也发觉了，稍稍低下头。

茶桌连成长长的一排，客人并排坐在茶桌的一侧。

麻子右边隔着三个人，大谷坐在那里。

那个婴儿，由大谷右侧的年轻女子抱着。

大谷喝了一口淡茶，马上站起来，来到麻子面前。

“你记性真好啊。是通过婴儿记住的吧？”

“是的。”

麻子把视线从站在面前的大谷身上移开，看着婴儿说：“孩子身体很好吧？”

“很好。”之后大谷呼唤道，“小若，小若。”

抱着婴儿的小姐在麻子面前微微低头走过去，听到大谷的呼唤，又走了回来。

“这是去年年末我回东京时，在火车上关照过小千惠子的那位小姐。”大谷对若子说。

若子没说什么，对麻子鞠了鞠躬，稍稍有些羞怯。

“噢，这孩子长大了。”

听麻子这么一说，若子像要给她看婴儿似的弯下了腰。

但是这时，茶碗也送到麻子面前。

“这，打扰了。待会儿见……”

大谷说完走了。

麻子和百子也站起来时，有人说：“这是作为礼品的盘子，请收下……”

是两个画着黏米团子的糕点盘子，麻子用手绢包了起来。

二

百子走出茶室时，对麻子说：“抱着那个孩子的人，是那个男人的什么人？”

“不知道。猛然一见的时候，还以为是那婴儿的妈妈呢。我以为妈妈太年轻，爸爸照看孩子呢。不过，不是。”

“哪能呢，那多可怜哪。一眼就看出是个姑娘。这个人我觉得好像在哪儿见过。”

“是吗？在哪儿？”

“那是——在电影里。有点像《恋爱十三夜》的舞姬吧？”

“舞姬折原启子？”麻子反问道。

“像吗？但是并不那么寂寞和冷淡吧。”

“因为年轻啊。十七八岁吧。胖乎乎很可爱的。”

“我也觉得也许什么地方有点像。”

“叫大谷的那个人也有点奇怪，向麻子问话的时候倒像个女人。他不像个男人。”

“唉。”

“那，他很会照顾婴儿啊。”百子说。

在像是休息室的地方，有许多客人。

京都艺伎舞时间很短，一天交替演出四五场。这些客人在等待上一场演出结束。

那里的墙壁上，并排挂着艺伎的花鸟画及和歌、俳句等。全是镶嵌的形式，有意展示其修养。

百子和麻子正在观看，大谷从对面的长沙发上站了起来。

“请，请坐吧。”

“不。不用了。”麻子说。

抱着婴儿的若子也站在长沙发前面，腾出了座位。

大谷挪了挪步，又劝说道：“请坐吧。”

麻子也走到长沙发前，说：“不坐了。抱着小孩子，你坐吧。”

若子有些为难地看着大谷。

大谷轻轻地按了一下若子的肩，让她坐下。

“但是，真是奇遇呀。又在京都艺伎舞这特殊的地方见面了。你也看京都艺伎舞吗？”

大谷现出怀疑的神情。

麻子微笑着说："看京都艺伎舞，奇怪吗？"

"奇怪倒不奇怪，是没想到。"

"可是，你带着婴儿，也是让她看京都艺伎舞的吗？"

"不，不是想让孩子看，是想让这位照看孩子的看……"大谷看着若子笑了。

若子红了脸，想说什么又没说出口，露出两个酒窝。

"但是，正像你所说的，还没有带着婴儿来看京都艺伎舞的人呢。"大谷接着说，"是啊，想起来了，那时候，让婴儿看彩虹，还受到你的批评了呢。"

"哎哟，我说这么小的时候就由父亲抱着看彩虹，真是幸福呢。"

由于大谷很亲热，麻子说话的语气也很亲切，然而两人只不过是同坐过一趟火车而已。

麻子心里有些不安，透露出是和姐姐一起来的。

"今天早晨经过琵琶湖时，还和姐姐说起彩虹来呢。"

"是吗？我也想可能是你姐姐。"

大谷向百子那边看了一眼。

百子走过来，鞠了鞠躬。

"这位是大谷先生。"麻子介绍说。

"上次在火车上，孩子受到你妹妹十分亲切的关照……"大谷对百子说。

"噢，这孩子对谁都很亲切。好像强行推销她的亲切似的，都让人感到有些为难。”

大谷惊讶地看着百子，注视着百子的脸。

百子晃眼似的向大谷看了一眼，大谷低下了头。

大谷感到自己的眼睛里燃烧着百子的目光。百子白皙的额头也印在大谷的眼帘。

麻子躬身凑近婴儿，说：“已经过了生日了吧。因为那时候，你说她九个月了。”

麻子一边看着婴儿，一边自然地靠近若子坐了下来。婴儿睡着了。

若子在膝盖上把婴儿向麻子那边挪了挪，要递给她。

“行了。把孩子弄醒了不好。”麻子说完，用小指指尖碰了一下婴儿的耳垂。有一股婴儿的味道。还隐约夹杂着若子头发的味道。

麻子十分温和地说：

“多可爱的耳朵啊。”

“这耳朵很像她妈妈的。”若子说。

麻子和若子对视着，脸相隔很近，几乎感觉到对方温和的气息。

若子只施了一点淡淡的浅妆，耳朵周围的肤色似乎显得更加白皙。

她那淡茶色的瞳孔，清澈、天真而又亲切。

瞳孔周围的茶色，似乎也比一般人淡些，把麻子吸引过来。

大谷在二人的头上说："这位看孩子的小姐，是小千惠子母亲的妹妹。还是做妹妹的热心啊。"

百子责问道："这么说，无论是哪里的姐姐都不热心喽？"

"也许是的。"

若子听大谷这么说，不由看了一眼百子。百子却显得若无其事似的。

"但是，我叫大谷，这你很清楚。因为我给过你名片？"大谷说。

"不，"麻子微微红了脸，"我只看了旅行皮箱的名签。"

"噢——这可不能疏忽，"大谷现出惊愕的样子，"那就重新……"

大谷说着，把名片递给了站着的百子。

百子像商量似的看着麻子说："我只有父亲的名片……"说着，从手提包里找出了名片。

大谷看过名片，又看了看百子和麻子。

"是水原先生的女儿吗？建筑家……失礼了。"

"不。"

若子吃惊地把婴儿抱在胸前，同时站了起来。她面无血色，看也不看后面，径直向前走去。她的腿有些发硬，险些跌倒。

传来了婴儿的哭声。

"怎么了？"百子问。

"嗯——"

大谷也惊呆了，立即追上去。

百子看着麻子的脸，说："怎么了？孩子屙屎了？"

"大概是吧。"

大谷在走廊里寻找，没有见到若子。

若子不顾一切地走出了南座。

她急匆匆飞快地走，要把见到两个姐姐的事告诉母亲。

若子快到家时，才猛然想起母亲到大德寺见父亲去了。

在这之前，她似乎没有听到抱在怀里的婴儿的哭声。

三

今年春天的京都艺伎舞唱的"欣然作歌词，回想年轻时，祇园风流"，是吉井勇的词。

《京洛名所鉴》这一表现巡游名胜的舞蹈，其名胜中有缅怀歌道莲月的《贺茂新绿》、缅怀染织道友禅的《四条河风》、缅怀画道大雅堂的《真葛雨月》、缅怀茶道吉野太夫的《岛原露寒》、缅怀书道光悦的《鹰峰残雪》，在舞台上寻访诸技艺之道的先辈的行踪。

百子和麻子坐在舞台近处。

麻子在后面的座位上发现了大谷，但若子不在。

"就大谷先生一个人。那个人怎么了？"

"真奇怪。好像受到什么惊吓似的，脸色苍白……不是有些失礼吗？”

“我以为是婴儿怎么了呢。她照看婴儿，按理说应该在大谷先生身边的。”麻子有些担心，“那衣服的可爱花纹，很合适啊。”

“是的，你也注意到了？京都的衣服，腰带是非常好的。她现在正是上高中的年龄，可是没上学呢。”百子说。

“在祥和的昭和天皇治世期间，二十五年后，又在此重展舞姿……”

序歌开始，序曲《鸭东竹枝》的舞台上是银色的布景。

“京都艺伎舞啊……”

“哟呀哈……”

舞姬互相呼唤着，列队出现在两条通向舞台的通道上。舞姬手里拿着柳枝和樱枝，据说这是京都艺伎舞的规矩。

乐队列坐在两条通道旁侧。

十六人为一列，三十二位舞姬缓缓地向舞台行进。

由于通道上的舞姬化浓妆的脸离得太近，百子感到不知往哪里看才好。

第三景的《四条河风》和第五景的《岛原露寒》是所谓的“插曲”。在《岛原露寒》中，灰屋绍益临终时见到吉野太夫的幻影，并疯狂地追逐幻影。舞蹈扣人心弦，但麻子仍是打不起精神，感到不够劲儿。

井上流派的京都土风舞与吸取歌舞伎流派的江户风韵的夸

张动作完全不同，具有温馨古雅的韵味。对于这些，麻子虽然在京都艺伎舞的说明书上读过，却仍感到节奏太慢，不习惯、不过瘾。

南座的舞台对京都艺伎舞来说，也许有些太大了吧。

“噢，都在纷纷议论的京都艺伎舞原来是这样啊。漂亮倒是漂亮……”

麻子很随便地看着。

百子也显出感到很新奇的样子。

在没有幕布的舞台上不断巧妙更换的背景，像幻灯一般。

在终曲的《圆山夜樱》中，全体舞姬又手持樱枝和团扇走入两条通道。

麻子舒了一口气，看着百子说：“真悠闲啊。”

“还是看舞的我们不好。因为我们对京都土风舞和艺伎都不习惯……我们不是要看熟识的舞姬出场的吗？”

大谷也许已经先走了，没有见到他。

走出南座到了四条街，忽然有人喊：

“水原小姐，水原小姐。”

“啊！”

百子不由愕然地呆立在那里。

“好久不见了。我是青木夏二。”

“啊——”

百子的脸失去了血色。

那个学生见到百子脸色苍白，自己也红了脸，结结巴巴地说：“好久，不见了。听父亲——父亲说，我就到旅馆去了。可又听说你去看京都艺伎舞，我想进去也没用，就在外面等着。因为京都舞蹈大约一个小时左右……”

“是吗？”

百子像嗓子猛地噎了硬块，勉强忍着。

百子身体深处像针扎一般疼痛。那里像火在燃烧。

过去强烈的羞耻和愤怒复活了。

“夏二，请我父亲设计茶室的，是你父亲吧？”

“是的。”

“是吗？”百子冷笑了一下，回头看着麻子，说，“我们上了爸爸花言巧语的当了。我们不应该来呀。”

麻子抓着姐姐的袖子。

“麻子，他是青木先生的弟弟呀。是我过去的恋人的弟弟，在冲绳战死的人的……”

“哎呀！”

“走吧。”百子催促着。

从南座出来的人，加上往返于圆山赏花的人，四条街上拥挤不堪。

麻子抓着百子的胳膊。

百子沉着地说：“麻子你还小，什么也不知道吧？”

“哎。”

“并不是想隐瞒……你父亲也是不知道的。本来……”

夏二从旁边插言道：“我父亲和我都觉得对不起百子。我父亲说想要深深地表示歉意。”

“是吗？不过，我的悲哀，是我任性培育的。你哥哥只是投下一粒小种子就跑了。把这悲哀的种子培育大的是我。”百子看着夏二说，“夏二，在上大学？”

“明年毕业。”

“真快呀。是京都的大学吗？”

“不，东京。是休假回来的。”

“回来的？你家在京都了吧。”

“但是，我仍然在东京。”

麻子这才开始注意夏二。

麻子也许想到他是姐姐恋人的弟弟，要寻找一些哥哥的面容吧，便不由怦然心动，凝神注视着他。

夏二说，他受父亲的差遣，来请她们吃晚饭。

百子点头答应了。

“能见到你父亲的。”

因为还有时间，所以便到圆山赏花去了。

“满城春色汇聚此地，可叹圆山老樱残年……”就像京都艺伎舞的歌中所唱的那样，那垂枝樱树已经干枯，嗣后栽上了小树。

百子他们从左阿弥的旁边走过，走到吉水草庵前面的高处。

四条街笔直地展现在眼前。路的前方西山的天空呈现一片晚霞。

夏二俯视街市，向麻子指点着名胜。

百子站在后面，看见了夏二的脖颈。那脖颈和他死去的哥哥一模一样。

但是，百子看到夏二的脖颈，感到了童贞。百子不由一阵难过，忽地闭上眼睛，噙着泪水。

百子只和夏二睡过一次。

“真没意思。你这人不行啊。”百子猛地把夏二推开，对扭动着身子依偎过来的夏二说，“真没意思，你……”

这是百子为着曾被夏二的哥哥同样对待过的报复——百子感到悲哀的战栗。她睁开眼睛，看见下面的圆山公园，处处开始燃起美丽的篝火。

桂宫

一

带有红十字标记的救护车尖厉地鸣叫着向圆山公园杂沓的人群疾驰。人们不知何故，不由停下了脚步。

“赏花醉酒——打架了——”有人说。说是伤的程度“打出血——了，可没什么大事——”

刚刚百子听到那慢悠悠的语调，不由和麻子会心笑了。

但是，现在回想起来，觉得有些奇怪，感到那京都口音中潜藏着残酷。

这也许是百子自己的心情使然。

百子看见夏二和麻子的背影，虽然觉得麻子不像自己，但是由于夏二的身姿和他哥哥启太极为相像，所以感到麻子像过去的自己似的，不由生起嫉妒之情。

夏二叉在腰间的手上拿着一顶方帽。百子想，那顶学生帽一定是他哥哥的旧帽子。夏二说过来年毕业，按说学生帽也该旧了，但是百子为什么认为那是哥哥留给他的呢？

百子像胸部被勒紧似的。乳房硬了起来。

那“乳碗”怎么样了呢？百子想起了“乳碗”。

那是启太以百子的乳房为模型制作的银碗。也许不能叫作碗，但是启太称之为“乳碗”。

那时二人也接了吻。

启太搂着百子的脖子。他的手指尖从百子肩头悄悄地移到胸上，触到乳房。

“不要，不要呀。”

百子缩起胸，双手捂着乳房。

“啊，妈妈。”启太说。

启太的手掌用了力。百子的手本来要防着启太的手掌，这时反而把启太的手掌按向自己的乳房。

“妈妈。啊，妈妈。”启太又呼唤了一遍，一只胳膊更有力地搂紧百子的后背。

“妈妈……”

听到启太的呼唤，百子好像听到在自己家的某个地方的回声，好像在遥远的地方呼唤。

百子的头有些麻木，有些昏昏然。

“妈妈……”

百子感到好像自己也在呼唤着母亲。

百子筋疲力尽，身体瘫软了。启太把搂着百子后背的手移到胸上，用手掌上下抚摸着她的乳房。

“不可思议啊。”

启太把额头贴近百子的胸。

“我刚才叫你妈妈，我也真是那么想的。我的心情好像是见到了妈妈，然后安心地去死。”

启太是一个也许明天真会去死的航空兵。而且，启太没有母亲。

百子爱情的堤坝决口了。

百子的乳房让启太感受到了母性，这减弱了百子女性的羞耻。

百子沉浸在神圣的慈祥之中。

同时，自幼丧母的百子自身的恋母之情也被启太的呼唤唤醒。

“为什么能这么安心呢？”启太说，“这些日子，我是自暴自弃了，但是对于死还是害怕的。这样，就很好理解了。”

百子把胸展开，直到露出两个乳房。

“啊——”

启太发出低低的声音，把额头贴在乳房之间。

同时，他好像想用乳房内侧把自己的额头包起来似的，用手掌按压两个乳房的外侧。

“啊！”

百子颤抖着要从长沙发上起来，腿却没站起来。

百子脸色苍白，发冷般地战栗着，却不由自主地抱着启太的头。于是，异样的感觉反而减退了。

启太抬起湿润的眼睛，说：“百子小姐，能不能让我把你的乳房当模型？”

“啊？”百子不解其意。

启太说，把她的乳房当模型做银碗。

“我想把这银碗当作酒杯，把我最后的生命喝干。”

百子感到有些恐惧。

“过去曾经有以水代酒的诀别酒。现在，特攻队出击时，让我们喝凉酒。这最后使用的酒杯，请让我自己制作吧。我要用这酒杯去告别人生。”

百子虽然觉得有些可怕，但是现在感到难以拒绝了。

启太和好了石膏。

百子躺在长沙发上。她哭丧着脸，闭上了眼睛。

启太要解开百子的衣领，她遮挡了两三次，后来也就听任其便了。

“真美啊！”

启太站在旁边，稍稍有些踌躇。

“我觉得这对百子小姐来说好像是一种牺牲，还是不做了吧。”

“没关系，请做吧。”

但是，当启太用竹制的压刀把石膏滴在乳头上时——

“哎呀，好凉。”百子不由缩起肩膀，侧身把腿也蜷曲起来。

石膏流到胸上。

“真痒啊。不要……”

百子不再保持原来平静的姿势。启太的眼神也乱了。

百子皱着眉头睁眼，正和启太的眼神相遇。她像身子僵硬了似的，躺着一动不动。

百子痒得难以忍受。她强忍着，脸上失去了血色。她紧紧闭着眼睛，感到启太的手在颤抖。

黏糊糊的石膏盖满乳房，似乎渐渐从里面硬了起来。

那石膏稍稍有点重，紧紧地箍着乳房，似乎有些疼。

百子感到乳房在缩紧，但又好像乳房抗拒着石膏的压力，从底部强烈地膨胀起来。乳房热了起来，身体也温暖起来。

百子壮着胆，小声说了一句：“死人面模就是这样做的吗？”

“死者面模？是的。”启太有些惊慌地继续说，“但是，对于我来说，这是死亡之杯。我是打算用这个酒杯，喝掉我最后的生命。”

百子沉默了。

启太用竹压刀压平石膏的表面。

等到石膏硬了以后，启太把石膏从乳房上取下来，端详着里面。

“底部有一个小坑。那是乳头吧。真可爱。”

“真羞死人了。可不要给别人看啊。”

百子系好领扣，坐了起来。

乳房的模型看起来好像比想象的要小些浅些。

“底部有一个乳头，不稳，会倒的。安个腿儿吧。”启太稍稍想了一下，“百子小姐的小手指就很好，请顺便让我做一个小手指的模型吧。过去就有把小手指给恋人的事吧。”

之后，启太在百子的小手指尖上抹上石膏制成了模型。

“我父亲从五六年前开始用土烧制茶碗。虽然没有烧出什么太像样的东西，但是，使我产生这种想法，还是父亲茶碗的功劳呢。”

百子背对启太，缩着胸擦拭乳头上的石膏脏痕。

她感到筋疲力尽，感到寂寞得有些难以忍受。

好像取下乳房模型时，生命也被拔掉了。

这就结束了吗？

百子有些尚未满足之感。她内心深处充满了一股炽热的情感，直想抱住启太。

因此，当她被启太抱起来，抱到套间的寝室，她没有拒绝。

“你已经玩儿过了，我不愿意。”

百子不过这么说了一句，便把脸贴在启太的胸上。

启太经常是先和妓女玩过之后再来和百子相会。而且，启太还把这事告诉百子。百子为难以猜出启太的本意而苦恼。

为什么需要别的女人呢？为什么要把这种事说出来呢？为什么不和妓女玩过之后，便不再和百子相会呢？

启太说，妓女也是日本人，是死心塌地为特攻队员服务的。

飞机场附近农家的姑娘为启太们献身的也为数不少。就连这样冒险的话，启太也对百子说了。

启太尽可能说得爽快轻松，好像没什么了不得，但是百子由此推测到启太的苦恼和痛苦。于是，百子对启太充满了信赖。

启太是在尊重百子的纯洁。他在竭力克制不用自己赴死的身躯去玷污百子的纯洁吧。百子是这么想的。

启太之所以在和百子相会之前，先和妓女戏耍，大概是为了避免自己的冲动，事先解决好自己的欲望吧。

但是，百子像受到启太的责备似的。对于也许明天就要死去的人，有一种本应给予他什么而却没有给予的负罪感。

启太把本该向百子寻求的东西，转向妓女寻求。

百子想，他为什么不向自己寻求呢？自己是什么也不会吝惜的。

启太到百子这里来，仅仅是要洗去妓女的污浊吗？

但是，启太表面上有着尊重百子纯洁的伤感，而在其内心深处是不是破罐破摔，沉醉于一时的放荡呢？百子并非没有这种怀疑。

启太以尊重百子的纯洁作为为自己放荡辩解的理由，在对自己进行欺骗吧？这种怀疑中含有百子难以启齿的嫉妒。

因此，启太剥夺百子纯洁的力量给予百子无比的喜悦。那喜悦像一道闪电划破她漫长的爱的阴翳天空，骤然丽日朗照。

启太很快松开了百子。

“啊——”他像倾吐似的长舒一口气，滚向一边。

“啊——真没意思。糟透了。”

百子冷冰冰地坐了起来。

启太仍背对百子，下了床。

“哎，你这人不行啊。你……”

百子像血凝固了似的。不知道是憎恨还是悲哀。

启太坐在长沙发上，闭着眼睛。

“请你把那石膏打碎吧。”

百子燃起羞耻和愤怒之火，喊叫似的说。

“我不愿意。”

启太再也没和百子见面。他死了。

“乳碗”好像是做成了，但是百子没有见到。

启太是在大约一个星期以后，向南九州的鹿屋航空基地转移后，在冲绳战死的。

这已经是五年以前的事了。

百子被启太以自己的乳房为模型制作银碗的事，事后想来，好像是一场奇怪的梦，有些难以置信。但是，现在百子又想，只有男女两个人在一起，什么事情都做得出来，这是无法料到的。

做以乳房为模型的银碗，也许是一种幼稚的感伤。

夏二和麻子的背影，百子有些看不下去了。

百子走近夏二，说：“夏二，那帽子，是你哥哥的旧帽子？”

“是的。我刚戴时有点小，戴着戴着就合适了。”夏二回过头来说。

二

三人从知恩院的大钓钟堂来到御影堂前。

绕过殿堂，从“莺声地板”的走廊下走过。那里，垂枝樱花正在盛开。

暮霭中，一串串的淡紫色小花十分娇艳。

这里渺无人影，只有圆山沙沙作响。

“这和祇园里干枯的夜间观赏的樱花是同一品种吧。”百子说。

他们没出山门，折回圆山公园，沿刚才走过的路回到左阿弥。

他们被领到庭园一座独房的客厅。百子的父亲和启太的父亲已经在那里了。

“唉哟，爸爸已经先来了……”麻子说。

夏二一闪身，让百子先过去。百子毫不犹豫地进了屋，和启太的父亲打招呼。

启太的父亲离开坐垫，郑重地说：“你好啊。早就想见到百子小姐。欢迎你。”

“谢谢！”百子垂下眼帘，“不过，实际上我是受父亲蒙骗来的。”

“是啊。我刚和水原先生说过这事儿。”

百子抬起头，看了看启太的父亲。

麻子和夏二也坐了下来。

“我们搬到京都来，也没通知百子小姐。通知过你父亲，也许听你父亲说了吧。”启太的父亲说。

“对百子小姐来说，也许已经过去了。我也希望事情过去就过去了，所以事到如今还是不说为好吧。可是启太战死的事没有通知你，真对不起。没有特意通知你。”

“是我没去吊唁……”

“不。但是，我一直等着见到百子小姐，以转达启太的谢意。与其说谢意，不如说歉意。那样死，事后想来是必须向百子小姐道歉的。”

“谢谢。百子也是理解青木先生的心情的吧。”百子的父亲也说道。

“啊。我是想哪怕向百子小姐说一句致谢和道歉的话呢，我只顾想已经过去的事，就当没有这回事……”

“事情没有过去，可是……”百子平静地说。

“毕竟是过去的事了呀。”

启太的父亲稍稍沉默了一会儿，说：“启太死后，我也很想念百子小姐，非常想见到你，可是一直强忍了下来。”

“我一度想死。我喝了氰酸钾。”百子漫不经心地说。

“呀！姐姐？”

麻子吃了一惊。百子的父亲和启太的父亲都看着百子。

“真的呀。”百子对麻子说，“那时候，女人也被工厂征用。大伙说如果在空袭中受伤惨重或敌人登了陆，还不如死了的好，不是每人都从工厂拿回了氰酸钾吗？我也准备了一剂。我把它喝了。”

“什么时候？什么时候的事？”

“谁知道喝的却是砂糖。”

“讨厌。砂糖？讨厌。”

“我是当氰酸钾喝的。可是药包里的东西人家趁我不知道的时候给换了。我放进嘴里感到甜，猛然明白是你妈妈——是你妈妈给我换的。是你妈妈救了我的命。”

麻子目不转睛地看着姐姐。

“真想感谢你妈妈。不过，人的生命真是奇怪的东西。把氰酸钾换成砂糖，就活过来了。从那以后就不再想死了。由于你妈妈暗中对我稍加关心，我的生命便得救了。当时尝出是砂糖，感到很奇怪，可是一想到我母亲也自杀了，又感到很可怕。”

百子的话，使在座的人心情有些沉重。

麻子只简单地说了一句：“我第一次听到啊。”

“是的。我打算死，却吃了砂糖，真不知怎么说才好。我想，就连换成砂糖的你妈妈，大概也不知道我喝了没喝。不过，是应该感谢你妈妈的。”

为什么现在说出这件事呢？麻子不明白姐姐的用意。

麻子对姐姐的这些话也有些半信半疑。

百子的母亲自杀的事，启太的父亲和夏二也许已经知道，但是百子为什么要在这里说呢？

即使菜端上来了，话语也不热烈。

在这间客厅见到了和在吉水草庵前面所见大体相同的京都街市的夜景，也见到了圆山公园美丽的篝火。

启太的父亲比百子的父亲大三四岁，反而显得年轻。

他那漂亮的额头下面，眼睛炯炯有神，胖乎乎的圆圆的手和脸有些不大相称。

那手也很像死去的启太的手。

启太父亲的两颊比夏二还显得润泽。也许是老年人的血色所致，但让人觉得是年轻人的颜色。

百子在内心深处思念着死去的启太，然而启太父亲的容貌似乎使她有些泄气。

三

桂离宫的参观许可证上写着水原、百子、麻子和夏二四个人的名字，但是水原和百子没有来。

能得到参观许可证，建筑家水原的名字起到一定作用，而百子没有来，这是麻子也没有料到的。

夏二到三条的旅馆相邀时，百子没有出来。

“我姐姐到车站去接东京来的客人了。”麻子说着，不由红了脸。

麻子说得不错，竹宫少年从东京追着百子到京都来了。

“你爸爸呢？”

“我父亲到奈良去了。两个人都自由行动，我可难办了。”

麻子想起了姐姐的话，说道。

二人从四条大宫换乘电车，在桂川站下了车。

必须到桂川岸边再往回返。

“坐公共汽车来，沿桂川岸边去就好了。那样的话，能沿着桂离宫的竹墙走。”夏二说。

但是，麻子在麦田里走，感到很新奇。这里还有油菜花田。她感到云雀的叫声也很新奇，不由向天上仰望。

对京都来说，这是一片平展的土地。这里，近处的岚山、小仓山前边的爱宕山以及更远的比睿山、连绵的北山尽收眼底。东山烟霭蒙蒙。

麻子环顾周围春天的景色，说：“姐姐也来该多好啊……”

“从左阿弥回来的那天晚上，和我父亲谈了许多关于百子小姐的事。”夏二说。

麻子回过头来问：“谈什么了？”

“是啊。说把氰酸钾换成了砂糖，由此看来，人的生和死并不是意志所能支配的。我觉得这话对。”

“姐姐是不是真的吃了砂糖，谁也不知道啊。”

"即使是编造的话也很有意思，但我认为她说的是真话。"

"这事，我家谁也不知道。"

"你妈妈真了不起。"

"是吗？如果孩子拿着氰酸钾，哪个父母都会没收的吧。"

"没收是没用的，因为还会弄到手的。"夏二继续说，"但是，我哥哥的氰酸钾总是放在桌子里，直到失火把家烧了……听到百子小姐说那话的时候，我想会不会是我哥哥把氰酸钾给百子小姐了呢？"

"啊？"

麻子不由吃了一惊。

"所以，百子小姐也许是要对我们抗议才说那话的。"

"不是。"

"总之，正如百子小姐所说的，人的生命就是那么回事儿，有时就是那么回事儿。百子小姐吃了砂糖，不就这样活下来了吗？那天晚上我看百子小姐，觉得更加漂亮了。"

二人进入了像村落般小小的街镇。

倒塌的白墙下面开着棠棣花。

"据说我哥哥死的时候，把日记和信等等都烧了，没留下什么遗物。从部队只送回来一只像银碗一样的东西。百子小姐来的话，也许要给她看的。"

"我姐姐说，你哥哥的事连我父亲都不大知道。"

"噢。但是，我父亲说不久就请百子小姐到家里来。这话也对水原先生说了。”

麻子想，父亲是不是想把姐姐寄放到启太的家里呢？为了医治启太的死造成的创伤……

二人来到桂离宫前。

松树的树影投在桂离宫正门前的草坪上，那里开放着蒲公英和紫云英的花。竹篱笆墙的前面，重瓣的山茶花也在盛开。

生桥

一

桂离宫四周竹墙环绕。那竹墙看起来像竹林一般。

但是，门的附近是用粗竹子和细竹子编的竹墙。

参观者从天皇出入的御门右侧的便门进入。

那里有警卫室。

麻子拿出参观许可证。

“水原先生啊，”一个警卫说，见夏二是学生，又问，“鞋底没钉钉子吗？”

“没钉。”夏二抬起一只脚。

警卫处旁边有参观者的休息处。

夏二坐到休息处有些陈旧的椅子上，说：“以为学生穿着钉子鞋会把庭园踩坏吧。我们这点常识还是有的。”

“唉。不过，据说参观者会把庭园的铺石路和踏脚石踏坏。”麻子说。

“每天人都在上面走，石头不是也会磨损的吗？”

“嗯，是的。因为每天都有人走啊。”

“所以，父亲说即使现在参观比战前宽松得多，但每天的参观人数也是有限制的。建筑物损坏得更为严重。那是简朴的日本传统式住宅建筑，是三百年前的房屋。以前是住宅，不是供观众参观用的，一次最多进十五人，但是走廊的人太多太重，好像也不行。”

参观者每天数次在规定的时间里由警卫人员引领着参观，在那之前在休息室等候。

但是，麻子是父亲介绍来的，便到警卫室联系，询问能否不用引领，自由参观。

“你是水原先生的女儿？可以，请吧。”警卫人员说。

二人先游览了林泉，来到顶上苫有笆茅的小门前，受到对面颇为著名的真正的铺石路的吸引，便走了中门。

铺石路从门前斜斜地通向停轿的地方。左右两侧有踏脚石，踏脚石的周围覆盖着一层厚厚的绿色苔藓。

“金发藓开花了。”

“哎哟，苔藓开花了呢。”

二人同声说道，对视了一下。

也许苔藓的花茎比丝线还细吧，眼睛看不到。花也像小花裸露的雄蕊一样小。

那小小的花簇显露在绿色的苔藓上，真是低低地漂浮着。

花静静地待在那里，但是仔细一看，又似乎在摇晃。

二人见到这些细微的情景，同时脱口而出，是因为被美所打动。

但是，二人都无法用语言表达这种美，便只说苔藓开花了。这是被美所感动的声音。

布鲁诺·陶特说“桂离宫是日本最终、最高的建筑的发光点”，“这绝妙的艺术的源泉无疑存在于冥想、凝思以及日本的禅学之中”。这被看作桂离宫的精华。简洁的宫门前面开放着苔藓之花，给人以优美的印象。

同时，这也是优美的春天的印象。

二人踏着铺石路，信步走到停轿的地方。登上石台阶，站在放鞋的石板前。因为能摆放六个人的鞋，所以叫六人鞋石板。

这里所见到的墙，都是京都韵味的红色。与庭园分界的墙也是红色。

从墙的小门出去到了月波楼，二人又返回御道，从红叶山的前面进了庭园。

“这地方竟有铁树。”夏二感到有些意外地说。

“据说是岛津家赠献的。”麻子说。

“在这里不和谐。但是，那时候还是很珍贵的吧。”

夏二走进前面的亭子，坐了下来。

麻子站在旁边。

这里有十余棵铁树，的确出乎意料。在通往茶室的路上，日本树荫下有这些像盆景一样的热带树，不能不让人感到有些惊讶。

夏二摘下帽子，放在膝盖上。

“真静啊。都能听见流水声。”

“叫鼓瀑布吧。把桂川的水引到庭园的水池里，就是从那里流落的吧。”

“是吗？麻子小姐真清楚啊。”

“我仔细读过导览说明书。”

“我在高中时也读过布鲁诺·陶特的《桂离宫》，都忘记了。”

“我父亲一起来就好了……”

“是啊。但是，这对你父亲来说没什么新奇的，你姐姐来就好了。”

麻子想，这是什么意思呢？但是，夏二的这句话，使麻子意识到现在只有自己和夏二两个人。

“听见刚才的云雀在叫呢。”

“是来时路上的云雀吗？”夏二侧耳静听，“是在叫呢。但是，怎么知道是不是麦田上面的云雀呢？云雀有很多嘛。”

“肯定是那只云雀。”

“女人——是这样想的呀。你姐姐也是这样。譬如说，百子小姐看见我的帽子，马上就想到是我哥哥的旧帽子。虽然猜对了，但学生的旧帽子都是一样的。所以想到是我哥哥的，似乎也很奇怪。”

“不过，没有别的云雀呀。”

“有的。”夏二强调说。

“你姐姐看我像我哥哥。眼睛啦，耳朵啦，肩膀啦，寻找和哥哥相像的地方。我不愿意这样。”

“你说不愿意这样，我理解。不过，为了我姐姐，你像你哥哥不是更好吗？”

“为什么？”

“能使姐姐得到安慰。”

“那——大概是相反吧。譬如说你姐姐看桂离宫，不是比看像哥哥的我更好吗？这顶旧帽子，即使哥哥曾经是百子小姐的恋人时戴过，但这样的帽子又留下了什么呢？”夏二抓着帽子站起来。

“也许我和姐姐正相反。我是通过你来想象你哥哥的，我对你哥哥一无所知。”

“那我也不愿意。总之，因为我不是作为哥哥的影子活在世上。即使是兄弟，性格也差别很大吧。”

“是的。”

“命运是完全不同的。我和你这样说话的时候，是不会想起你姐姐的。”

“我和姐姐长得不像嘛。”麻子顺口说道，不由红了脸，“可是，姐姐和我都活在世上呢。”

“是啊。哥哥死了，体形和相貌都没有了。另一方面，可以想象出任何体形和相貌。那天以后，我说过父亲。我说，见到百子小姐而联想死去的儿子，是父亲不由自主的感伤。因为父亲看见百子小姐，又悲伤又喜爱。现在即使百子小姐也为哥哥的死感到悲伤，但和父亲的悲伤是大为不同的吧。”

麻子点点头，然后说：“不过……”

“我不太清楚，现在在死去的哥哥和活着的百子小姐之间的那座桥梁，是被人为架设起来的，还是自发架设起来的呢……”

“我也不清楚。不过，我认为是自发架设的。”麻子答道。但是她想，假如那座桥梁枯朽了，或者毁坏了，那么过桥是很危险的。百子自己难道不会第一个从那座桥上掉下去吗？

“我想那像是一座没有对岸的桥。活着的人架起了桥，对岸没有支柱，桥的另一端就会悬空。而且，这桥无论延伸多长，也是到不了对岸的。”

“那么你是说，如果对方死了，爱也就终止了？”

“我是为了活着的人，为了百子小姐，站在这一立场上说的。”

“我不相信天堂和极乐世界，所以为了死去的人，我相信爱的回忆。”

“是的。作为一种回忆，如果像桂离宫一样静静的，不对活着的人造成危害的话……”

“是啊。即使姐姐来桂离宫，夏二你在这里的话，也还是会联想起你哥哥吧。”

“总之，哥哥死了。所以，哥哥不能参观桂离宫了。然而，我们还活着，所以今天能这样参观。明天如果想参观也还能来。就这样。”

“唉。”

“只有一朵美丽的花，我也要活下去。有这样一句话吧。”

“不过，姐姐为什么把你哥哥的事对父亲和妹妹隐瞒呢？”

“是因为她知道这是不能实现的爱吧？看到是以悲剧告终……”

“是吗？”麻子看着夏二。

“是的。百子小姐的爱，似乎是从知道我哥哥必然会战死之后才开始的。”

“是那样吗？”麻子像反问似的说。

“但是，有些不合适吧。来到桂离宫以后，我们俩光说我哥哥和你姐姐的事了。”

“真的。”麻子微笑了。

“为什么呢？”

二

一出凉亭，水池景色完全展现在眼前。二人跨过一条涓涓小溪。

“这就是刚才听到水声的鼓瀑布吧。”夏二说。

“是的。据说过去水比现在更清，流入水池的声音更像瀑布。水池也不是现在这样像死水似的。”麻子说。

夏二走到水池边上。

那里，被称作“天桥立”和“道滨”的石子路长长地延伸向池中。路的顶端有一个小石灯笼。水池前是松琴亭。

据说池水能映照海边的风景。

“天桥立”铺满圆圆的小石头，石头缝里生着杂草。除草的老太婆起开那黑黑的石头拔除杂草。

夏二站在老太婆身边看了一会儿，搭话说：“老婆婆，您每天都来吗？”

“唉，每天都来。”

“几个人？”

“拔草吗？两个人。”

“只有两个人？”

“两个人是忙不过来的……这个庭园有一万三千坪吧。仅仅拔了你们散步地方的草。”

“老婆婆，给多少工钱？”

老太婆没有回答。夏二又问了一遍。

“没意思，没法说了。”

“一天二百日元吧。”

“那敢情好了……”老太婆自言自语地说，“才是那一半。”

“一百日元啊。”

“比那多点，多二十日元。”

“一百二十日元啊。”

老太婆仍低着头拔草。

“比在高尾的山谷里运杉树原木的老婆婆强啊。”麻子这样说了一句。

由于花开得早，麻子他们来到京都后，已经过了盛开期，树上长出鲜绿的新叶。麻子跟着父亲到高尾看枫树的嫩叶去了。

他们从神护寺的山上下来，过了小溪，登上陡坡，见到运原木的女人们正在半山坡休息。有一个十五六岁的少女，两个二十岁左右的姑娘，还有四个五十多岁的女人。少女好像见习似的运较细的木材，运重原木的是年长的女人。

麻子他们在那里喘口气，歇歇脚，看着女人们把原木顶在头上站起来。像是做粗柱用的杉木，又重又长，用头顶起来好像很吃力，需要一些时间。

年长的女人苦笑着向麻子他们抱怨道，从深山到村庄，在这山谷里上来下去一天运三次才挣一百日元，只喝供给米做的粥，身上没有劲儿。

拔草的老太婆听到麻子的话，说：“不轻松啊。”说完，这才抬起头，看了看麻子：“那——她们虽然身体累，但是时间短。”

“是吗？”

“腰一下子就伸直了。”

“把木头顶在头上运，姿势很好呢。”

“是啊。像我们总弯着腰，真没办法啊。”

从“天桥立”返回来，路又没入树丛中。

山茶树的花落在苔藓上。从繁茂的树叶缝隙里能看到外面的竹子。

“去神护寺的时候，那里有拜庙歌的比赛会呢。”麻子说。

“好像也有从远处乡村来的选手，都聚集在正殿，和尚当裁判员。很有意思的。模仿着广播里的业余比赛会的样子，也敲锣鼓。”

“真有意思。”

“那无疑是歌手比赛，可是……”麻子像想起什么似的说，“去参观药师如来，正殿被拜庙歌手们占用着。那拜庙歌，在稍远些的地方听比在很近的地方听更好，给人以故乡歌曲的感觉。因为是比赛，所以唱得还蛮好的。在大枫树下听那些歌，真感到是来到京都了。”

抬头望去，枫树的嫩叶在天空上描绘着日本风情的图案。麻子也想起了那晚春午后的阳光。

“是啊。巡礼的拜庙歌是关西一带的歌吧。”夏二也说。

“真亲切啊。”麻子说。

“但是，拜庙歌会的京都，市长和知事都是社会党啊。”夏二继续说，“麻子小姐来到这里，正赶上知事选举。社会党的候选人当选了。在报纸上看到，新知事在共产党员和工会会员的红旗迎接下进入京都府办公厅。据说今年‘五一’劳动节，知事和市长将站在游行队伍的前列。京都的桂离宫和拜庙歌，也是这情况啊。”

“我们是京都的旅游者……”

“我在京都虽然也有了家，却还是想听拜庙巡礼歌的游人。”

“亲切的东西是让人感到亲切啊。”

“你姐姐也去高尾了吗？”

“噢。姐姐听得最专心了。”

“是嘛，”夏二说，“可是，我们又谈起姐姐来了。”

也许是没有其他话题可谈吧。也许是不好谈其他话题吧。

道路通向小丘，小丘上有一个卐字亭。

那里有四个座位。由于座位交错安置，即使四人同时坐下也不会正好面对面。该亭由此而闻名。

不用互相看着脸也可以说话。或者，也可以沉默。

麻子和夏二沉默了一会儿。

不说的爱必定成功。威廉·布莱克的这句话忽然浮现在麻子的脑际。麻子不相信这样的话。她心中还没有要相信这种话的爱的苦恼。但是，只是作为一句难忘的话语铭记在心上。在寂静的树丛之间，这句话有些像预言似的袭来。

麻子沉默着，感到有些闷。

“刚才的云雀听不见了。”

“是啊。”夏二也像向远处倾听似的看着前方，说，“这样坐着，有树挡着看不远。不知道是从一开始就为不让看到周围各种东西而建的呢，还是最初能看到庭园的水池、书斋以及后面的西山，后来树长高了才看不见的？庭园的树木，有的长大，有的干枯，以现在的情形推测几百年前刚建时的情景是不可能的。但是，透过树缝能看到尚未凋谢的樱花，很不错啊。在那新书斋旁边的院子里，有三四棵樱树吧。樱花很少啊。”

“是的。”

麻子也看到了。

“来到京都那天，我父亲去大德寺，同和尚谈起大德寺里没有樱树的事。那时，我父亲忘记了，后来说想起了《本朝画史》里明兆的话。”

“《本朝画史》我也读过，可是都忘记了。”

“义持将军喜欢明兆的画。有一次，将军对明兆说，你有什么愿望，我替你实现。明兆对金钱和地位都不喜欢，只有一个愿望。现在，东福寺的和尚们喜欢栽樱树，但是这样的话，恐怕后世寺院有变成饮酒游乐场所的危险。请下命令，把樱树都砍了吧。得到允许，就让把寺院的樱树都砍掉了。”

“嗯。明兆的画很粗犷，是吧。但是据说战后，近来的寺院有许多都成了私人餐馆。艺伎、舞女也都进去……”夏二说着站了起来。

麻子拿出镜子，要整理一下头发。

银乳

一

从小丘上的卐字亭下来，过了大石桥，便是松琴亭。

这是有两米多长的一整块石头，传说是加藤左马之助赠献的。这块石头是白川石，所以这座桥叫作白川桥。

夏二在桥上站住了。麻子也停下脚步。

夏二想让麻子一个人站在桥上，自己稍稍离开一点看麻子。

但是，又难以开口，便说："这样被石头包围着，心里有些压抑。"

麻子心不在焉地说："是吗？"

"对庭园的置石，我不大懂，但这样的置石是远州流派吧。"

"我不懂。"

"这一带的置石，在庭园显得有些要求太严了吧。不知道是叫严肃的置石，还是叫严厉的置石，但总觉得有着相当的神经质般的技巧，觉得这些石头群在刺激我们的神经。凸凸凹凹，刺刺窝窝的……"

"不就是些石头嘛。"麻子轻声说。

“但是，这不是一般的石头。因为这是把石头组合起来，要表现一个什么。把自然的石头放置在自然的土地上，以此创造出一种美。这是我们所想象不到的，也就是说我们没有观察庭园的素养。所以像这样意味深长的石头群，也许会给我们以闷在葫芦里的印象。不过，石头很多的庭园也都该是这样的，并不仅限于此处。但是这里的置石，毕竟还是过于复杂了。”

“我不懂。不是你要看附近的置石吗？”

夏二回头看了看麻子，说：“我来到这座石桥上，看见周围的置石，忽然感到这座桥不是我们走的桥。这置石中的石桥，什么人站在上面合适呢……”

“那该是桂离宫的亲王吧。”

“桂离宫时代的人吗？但是，我是想让麻子小姐站在那儿，想看一看麻子小姐。”

“噢？”

麻子红了脸，要往夏二身后躲。

夏二又说了一遍：“我真是这么想的呀。”

“为什么？我不好意思。”

“因为不想以后回忆起来，这里只是些石头啊。”

“不过，这不是一般的石头吧。”

“对了对了，刚才还说过桥呢。说过我死去的哥哥和麻子小姐的姐姐之间的桥呢。”

“是的。”

“那是心中无形的桥吧。可这是从三百年前就牢牢地架在这里的石桥，一座美丽的桥。如果人与人之间也架起这样的桥……”

“石桥？石桥架在心上不难受吗？像彩虹一样的桥多好啊。”

“是啊。心中的桥也许就是彩虹之桥。”

“不过，这座石桥，也许就是心中的桥啊。”

“也许是那样。因为这是为创造美而建造的石桥，是艺术的表现。”

“唉。而且，桂离宫的智仁亲王每天都读《源氏物语》，这座离宫就是为向往《源氏物语》而建的。过去就有这种说法吧。松琴亭一带就建有明石的海滨……”

“不像明石海滨。净是些犬牙交错的奇岩怪石。”

“导览说明书上是这样写的。还有，据说智仁亲王的妃子是在丹后出生的，所以也建造了那地方的‘天桥立’。”

夏二看着“天桥立”，走过了石桥。

走到松琴亭长长的屋檐下，从配房进入屋里。

坐在那里观赏了一会儿刚刚走过的石桥附近的置石。

二人走到左边的茶室，在那里也坐了一会儿。

从茶室经过配房进入正房。

从客厅到配房，淡蓝色和白色方格相间的隔扇上贴着加贺奉书纸。这典雅华丽的客厅以其大胆奇崛的设计而闻名。从窄廊下突出来的地方有茶道的洗茶器处和炉灶。二人默默地坐在正房里。

水池从松琴亭的右边绕到左边。

但是，坐在正房里观赏，水池右边和左边的景色是不同的。

在茶道的洗茶器处右边所见到的从刚刚走过的石桥相续而来的置石，是比水更庄严的岩石，而左边所见到的萤谷方向的水池，看不到石头，池水凝重深邃，让人感到水的广阔。

看来，在庭园的某一处有深思熟虑的尖利的置石，似乎让整体都振作起来。夏二这样想，但自己的确不太明白。

“我觉得在这里这样做有些奇怪。”夏二说。

麻子避开夏二的目光，看着水池那边。

高大的杉树的右面和左面，是月波楼和古书斋。

树梢已经干枯了。但是，月波楼前面的树墙长出了嫩叶。

二

麻子回到东京以后，反而感到对桂离宫的印象更深了。

这里，也有和父亲谈起来，父亲教给她对桂离宫应该怎样欣赏的缘故。

麻子把桂离宫的照片和参考书等从父亲的书橱里抽出来，堆放到自己的书桌上。

麻子真的阅读了这些书。

她有这样的秉性，譬如说，去了法隆寺，回来以后便把所见到的研究法隆寺的书籍拿来阅读。对于音乐或无论什么也是这样，听莫扎特的演奏，回来后便查阅莫扎特。

“还是事先查阅才好，事后查阅不起作用了。也许麻子出嫁以后，才开始调查对方呢。”百子揶揄地说。

但是，在别处见到稀奇的菜，在家里也能仿照着令人意想不到地巧妙地做出来。这也许是麻子的一种秉性，而这一秉性颇得父亲的喜欢。

麻子研究桂离宫，也是通常的习惯吧。

不过，百子多少投以怀疑的目光。

麻子把新书斋正房的照片拿给姐姐看，说：“在这高地板的房间里还坐了一会儿呢。”

百子说：“是吗？夏二也……”

麻子没发觉姐姐的嘲讽。

“夏二没坐。我只是把膝盖伸到书斋窗子的木板下面，坐在那儿欣赏旁边的院子。”

在正房的九张榻榻米中有三张榻榻米稍稍高一些，这是上座的地方。这上座的上面，方格形天花板有些低。里面的墙壁上，有著名的桂木搁板。

麻子说，上座的地方像把客厅凹间扩大了似的。

麻子坐着的附属书斋里，一块桑木板矮矮地放着，代替书桌。桑木板书桌的下面开了一扇小窗，以便夏季坐在那里通风。

麻子要坐在那里看书，打开了拉窗。夏二从外面把走廊的拉窗也打开了。

窗外是庭园树木的嫩叶。但是，这里的庭园树木疏落，而且稍稍离开窗子。

“想到我曾坐在这间书斋的窗前，再看到这张照片，觉得很奇怪，是吧？”麻子对姐姐说。

“是啊。”百子心不在焉地答道，“麻子没照相啊。”

“那当然了。你瞎说什么呀！”麻子笑了，“姐姐你也在那就好了。”

百子坐在缝纫机前，这是很少见的。

麻子站在那里，看着放在缝纫机板上的照片，说：“在桂离宫，和夏二先生光说姐姐的事了。”

“我的事？”

“唉，还说了夏二先生的哥哥的事……”

“是吗？”百子冷淡地说，“那是有可能的。我讨厌的事……”

“什么讨厌的事也没说。没说姐姐你们的坏话呀。”

“我讨厌那样。麻子装作想念姐姐的好妹妹，说姐姐的好话。”

“嗬，真不近人情。”

“夏二先生也一定说想念哥哥的话了吧。”

“是的。”

“那是你们的随意想象，你们的话是不会符合事实的。”

“我不是装作对于姐姐的事情什么都知道的样子去说话的。”

“是吗？奇怪。”

百子猛烈地踏着缝纫机。缝棉布衣服的抬肩时，衣服下摆被颠到了桂离宫的照片上。

“和夏二先生谈论我的事，希望能和谈论社会上的传闻似的，漠不关心地随便谈谈就行了。好像又是同情、又是体谅的那种谈法，我不喜欢。”

麻子默默看着姐姐用缝纫机缝衣服缝儿的手。

“你们谈的那些理解我的话，都只不过是你们的想象。”

百子用颤抖的手指吃力地按着布。

“你们谈了什么，也只不过是我的想象。可是麻子平时对我说的有关爸爸的话，也只是向着爸爸……”

“姐姐！”

“怎么了？把你说哭了……这是你的温柔善良，很好。但是，女人很喜爱自己的善良，是自己娇惯自己。你好像总是在对爸爸和我进行安慰，进行解救……”

“解救，那……我可没那么想。”

“不过，爸爸是被你解救了。因为爸爸很天真。说父亲对女儿天真，有点可笑，可是……”

“是呀。”

“我是很乖僻的。因为爸爸天真，所以把麻子嫁人，觉得什么男人都不相配。”

麻子感到很不安。

“那是父亲对自己女儿的感情没培育好。和父亲两个人互相娇惯，这样好吗？不久，麻子就会明白，女人越温和善良，就越痛苦和悲哀。”百子把缝纫机稍稍停了一下，“我这样说，你认为是我的嫉妒吗？”

麻子在百子的头发上方摇了摇头。

百子又踏起缝纫机。

“我是太嫉妒了。我虽然不知道你和夏二在桂离宫是怎么说我们的事的，但最近我想，与其让青木先生在那样的战争中死去，还不如我先把他杀了的好。”

在麻子听来，百子所说正与爱启太的话相反。

“现在你不是爱青木先生，而是恨他了。”

麻子顺着她的话说道。

“就说我母亲，我想如果自己要死的话，先把爸爸杀了，怎么样呢？自己不该因为不能结婚就去死，只要把对方杀了就行了。我也是在教给你呢。”

“你怎么了，姐姐？”

“不过，那样的话，就会发生奇怪的事了。如果我母亲把爸爸杀了，麻子这个人就不会在人世上出生。是吧？如果我母亲和你爸爸结婚的话，麻子也同样不能出生。这样一想，真是不可思议。”

麻子不由打了个冷战。

如果百子的母亲不自杀，而且父亲也不和麻子的母亲结婚，麻子是不能出生的。可是为什么姐姐这么说呢？麻子感到有些可怕。

姐姐是把长时间的憎恨和诅咒，把紧紧搭在心底的毒箭倾吐出来了吧。

麻子像被抛弃、被推倒，感到冷冰冰的。

麻子和姐姐恋人的弟弟谈了姐姐的事。麻子把这件事告诉姐姐，这样为什么伤害了姐姐的感情呢？这是麻子所没有料到的。

麻子从百子身边离开，坐到自己的床上。

在二楼的十个榻榻米大小的西式房间里，放有姐妹二人的床，还有镜子和缝纫机。

“麻子，休息吧。觉得闹吧？”百子说，“再做一个袖子就完了。”

麻子一动不动地一只手支在床上。

“听说下个星期天把夏二先生叫来？因为在京都受到青木先生的关照……但是，我不在家。我讨厌。我见到夏二先生觉得害羞。是到青木先生家拜访时听到的，爸爸对青木先生说了京都的妹妹的事。可是，对我们什么也没说。麻子你没听说吧。”

百子不等麻子回答，边踏着缝纫机边说：“听到这个，我就不愿意到京都去了。父女三人去了，但是各自散了。是心散了。麻子对爸爸和我，还有对京都的妹妹都很关心。可是爸爸对自己的朋友说的心里话，不是还对麻子隐瞒着吗？我不愿意在家里和夏二先生见面。这样，也许会说我是向着爸爸的，但是实际上只是我的嫉妒。首先是嫉妒。即使怀疑自己的爱情，也不会怀疑自己的嫉妒。”

麻子听到百子抛出这些话来，心里像针扎一样难受，觉得看出了一点什么。

麻子悄悄换了睡衣，躺下。

一闭上眼睛，就想起姐姐恶毒的言语。

但是，她没有流泪。

“你休息吧。”

姐姐说麻子对父亲和姐姐进行安慰解救，这虽然是姐姐的讽刺，但是麻子想，难道真是这样吗？

百子缝上袖子，来到麻子床前，稍稍站了一会儿。

麻子想睁开眼睛等着姐姐说什么，但是百子什么也没有说。

百子到下面拿来了父亲的洋酒瓶。又从自己的衣橱里取出银碗，斟了一点酒。

百子刚要喝，忽然又像想起什么似的，关了电灯。

就在房间黑下来的时候，麻子的泪水涌了出来，忍不住哭出声来。

“麻子，你没睡呀？”百子轻轻地说，“所以，你真讨厌。”

“姐姐，你为什么，为什么那么欺负我？”

“是嫉妒吧。一定……”

百子在黑暗中把酒喝下去。

“喝点安眠药。”

三

正像百子对麻子所说的那样，夏二来的那天，百子带着竹宫少年躲到箱根去了。

二人乘坐旅游客车从东京去箱根深处。

百子闭着眼睛，过了横滨，感到从窗外飘进来麦田的香味。

“这是东海道的沿路松树吧？”少年问。

上午的阳光照到客车里面，松树的树影在少年的面颊上闪动。

百子睁开眼睛，说：“请不要用女孩似的腔调说话。”

“姐姐以前不是说过我的声音像女孩儿，让我用女声唱歌，咱俩不是一起唱过歌吗？”

“是的，在芦湖，下雪那天……”

“是大雪啊。”

“下雪之前，我们是设法去芦湖的呀。”

“我喜欢那情景。回来的时候，大客车在下大雪的山顶上不能走了，给人留下美好的回忆。”

少年抓过百子的一只手放在自己的膝盖上，用手指抚摸着百子的手掌。

“真凉。姐姐的手冬暖夏凉，真好啊。”

百子想，少年所感觉到的，不仅仅是手，还有其他肌肤。

“是吗？”

“女人都是这样吗？”

少年坐在靠近车窗的座位上。

沿路粗壮的松树树干从车窗外掠过。

由于不是星期六和星期日，客车很空。

当客车驶经马入河时，见到通火车的铁桥周围一群乌鸦在鸣叫。

客车驶过汤本，来到箱根山。百子从手提包里拿出金项链，戴在脖子上。

项链的吊坠正搭在胸前上部小骨的凸起处。

百子不想说话，对竹宫的搭话也只是心不在焉地答应着。

二人在箱根街市下了车，走进前面很近的一家旅馆。

本想住在这里，但是百子没有去订房，而是到大厅，在靠近窗子的地方坐下了。

“怎么办？还继续走，过湖吗？”

“随姐姐的便。姐姐坐车累了吧。”

“累了也想继续走。本想住在这家旅馆的，可正在施工，讨厌。”

在面对湖水的庭园里，正在进行扩建。挖得深深的，刚刚打好地基。百子想，明天早晨被施工的钢筋混凝土的声音吵醒，也许很愉快吧。

但是，还是决定乘坐下午两点多的船到湖尻去。由于还有时间，便在旅馆吃了午饭。

从元箱根上来的乘客很多，游船甲板的座位大致都坐满了。

竹宫说，见到了右边湖岸上的山中旅馆。

“那旅馆，现在的新绿一定很美吧。”

“新绿，在京都不是看过了吗？东山上米槠长出新叶，开花了吧。”

“我没看东山，光看姐姐了。”

“真会说谎啊。我不是还告诉你米槠和栗树的花香了吗？”

“就是现在，我也没看芦湖。”

湖面细小的波纹在粼粼闪光。但仔细一看，也许是由于船朝着午后的太阳驶去的关系吧，船后的波纹在闪光，船的前面则是浓浓的水色。

那闪光的细小的波纹向远处的南岸扩展，像春季地面蒸腾的游丝。

只有前方的富士山，今天也是白云环绕。

由于船上的乘客都乘坐了从湖尻开往早云山的大轿车，所以站着的人很多，使坐着的百子也抬不起头来。

大轿车在大涌谷高处的火山口绕了一周停下来时，百子稍稍回头看了看湖水。车在树林深处行驶，时而掠过树枝。竹宫把手伸出车窗，采了树林中长得高的草花。

二人乘缆车从早云山到了强罗。

少年把草花一直带到强罗的旅馆房间，放在桌子上。

“姐姐。”少年抓住百子的项链，用力拽了一下。

“好疼。人家不疼吗？”

“可是，把我的事忘了吧？”

百子要把项链摘下来。

“戴着。我不再拽了。多漂亮，戴着……”

“是吗？为让小宫喜欢……”百子说。她感到金项链对少年的诱惑，不由一阵悲哀。

但是，百子还是戴着项链，进入温泉，躺下了。

少年衔着项链晃了晃。

“这是小宫的好玩具啊。”百子说。

少年仍衔着项链，把脸贴在百子的脸上哭了起来。

“不要演戏了。肮脏。”

“姐姐，是要抛弃我吗？”

“又说抛弃……是分别。”

“难道不一样吗？我没有虚荣心。”

“是吗？不过，小宫是病态的，一旦分别，是很可怜。”

“啊，病态，肮脏。因为我要杀了你。”

“那好。请杀吧。”

百子的胸脯感觉到少年的嘴唇，想起了那只银碗。

那银碗从启太的父亲那里拿来后，往乳房上扣了多少次，乳房已经放不进去了。

耳后

一

百子醒来，竹宫少年已经不在旁边的床上了。

但是，百子好像是从梦中醒来，又回到梦中似的。

“呀，不在了。”

百子想这么说一句，这句话却只是浮上脑际，没有说出声来。

她的头麻木了。

虽然头有些麻木，但是心情很好，想再睡一会儿，又忽然想起半夜曾经醒过一次。

“啊，小宫是不是想把我杀了？”

百子彻底醒来。

百子用手一摸脖子，金项链不见了。“准是小宫给拿去了。”百子很放心。

半夜醒来的时候，百子并没有看一看少年是否在旁边。

由于听到庭园里小鸟的鸣叫，所以即使百子觉得是半夜，而实际上已经是黎明了吧。好像那时比睡醒的现在更恍如梦境。好像从昏迷中苏醒过来后，又昏迷过去似的。

说起昏迷，昨夜百子曾经假装昏迷而睡着了。

这之前，少年从后面拉着百子的脖颈说：“姐姐，姐姐。”

“疼啊。疼啊。”

“姐姐不把脸朝这边，我不愿意。”

“这样难道不好吗？”

“我感到很悲哀。”

“小宫，真的悲哀？”

“我是很认真的。从后面看姐姐，我觉得很不安。”

“我喜欢从后面看小宫的脖子。”

“真是奇怪的趣味。”少年温柔地搂起百子的脖颈说，“姐姐为什么喜欢从背后拥抱呢？”

百子总是从背后拥抱少年，也经常让少年从背后拥抱自己。

百子和竹宫以前的西田少年是这样，和其他少年也是这样。

百子以前拢起脑后的头发被麻子见到时，不由感到很害羞，也是因为心里想让竹宫吻自己的脖颈的缘故。

现在被竹宫指出，百子感到有些狼狈。

“互相不看脸，感到温暖。”百子顺口说道。

“温暖？撒谎。我映入姐姐的眼帘，看见小小的我，才会感到温暖。姐姐一定是对我做了有愧于良心的事。”

“那，的确是做了不符合小宫心意的事。”

“这是搪塞。是你不爱我。”

“又说不爱，这不是那么轻易说的呀。小宫随便说什么不爱了，什么被抛弃了，要是那样，一生都会在爱情的贫乏中度过的。”

“姐姐，这是蒙蔽我。你是在我的背后想其他的事。”

百子在枕头上摇了摇头。她把项链抬到下颏能接触的地方。

但是，听竹宫少年这样说，百子十分扫兴。

百子沉默了一会，说：“小宫，请看看我的耳后。从耳朵和头发之间到脖子的纹儿……这里是隐瞒不住年龄的。”

“看见了。”少年顺口说道，“清爽漂亮。我看到姐姐的耳后，就看到了姐姐的心。那是清澈纯洁的。”

“你真会奉承。即使真像你说的那样，小宫的奉承也只是灌到耳朵里，是传不到耳后的。”

百子说话的时候，少年吻了她的耳后。

百子紧紧地缩起了肩。

“我呀，刚才在温泉里就见到了。姐姐肩膀的纹儿，从脖子到胳膊根儿的纹儿，那隐隐约约的柔和的弓形是无法形容的。那弓形的一端，胳膊根儿圆乎乎的，我觉得特别好。”

少年说着，用一只手轻轻地握住了百子的胳膊根儿。

“真会奉承啊。”百子嘟哝了一句。

少年慢慢地用力握了一会儿之后，松开手，把手掌向百子的胸部滑去。

"我觉得总像追在姐姐身后。我有些担心。"

百子对这种像女孩似的腔调仍感到不耐烦。

百子原本是由于竹宫这个少年有像女孩的腔调而去勾引他的。竹宫也很容易被勾引。

但是，时间不长，百子便对这种腔调厌烦了。

开始时，百子认为他有教养，有些娇贵。他是在装腔作势，假装成熟。

百子对这个少年有一种自己反而是男性的优越感。竹宫成了比自己年龄大的女人的玩物。百子对近乎残酷地玩弄他感到有趣。

百子对竹宫少年的爱，也有一种好像是对年龄比自己小的少女的同性恋般的错觉。

然而，百子不久又察觉到竹宫女孩般的腔调，昭示着这个少年本身难以割舍的同性恋情结。

这样一来，百子感到对此前的西田少年似乎也有着同性恋的倾向。

百子和竹宫少年并非是男女之爱，而是坠入变态的同性恋之中了吧。

"病态。肮脏。"百子这样嘲笑自己。

但是，百子有时也把这句话向少年丢去。

不过，百子感到落到悲惨境地的还是自己。

竹宫少年虽然装作女孩的样子，但是通过百子了解了女人，难道不就从同性恋的病态中解脱出来了吗？

仿佛少女般的少年的身体，即使皮肤滑润，骨骼和体态也逐渐起了变化，逐渐成为男人。

百子也和从前不一样了。

那个被启太以乳房的形状制作的银碗，自己的乳房已经放不进去了。把银碗套在乳房上一试，百子为自己变大的乳房而吃惊。

可是，百子成为成熟的女人了吗？

百子还是没能抹掉对正常的男女之爱的惊恐和反叛。

百子冷淡的心扉，仅仅让少年们通行。

竹宫少年是敏感的。他察觉了百子的异常。他感到有些焦虑，感到有些悲哀。

不过，百子的自尊心不允许少年知道自己女人身体的秘密。

在这个少年成为真正的男人之前，必须与之分别吧。

现在来到箱根，百子打算就此分手。

“姐姐，你在乱想什么呢？”竹宫在百子的耳后小声说道。

“这孩子真啰嗦。”

“我们来时，在大轿车上你没对我说什么正经话。”

“我没说什么呀。”

“如果没说的，请看着我。”

“我看了。”

“撒谎。”

“我即使看小宫，心里也难受。”

“那是因为你要抛弃我。”

也许是那样，但是百子想的是今天夏二到家里来的事。

不过，为什么必须避开夏二，躲出来呢？为什么觉得在家里待不下去呢？

然而从家里出来，坐在车上和坐在船上，心里都始终感到不安。

启太的父亲和启太的弟弟夏二，都很像启太。所以，百子想，为见到夏二而痛苦，是自己过于脆弱了。

另外，百子想，如果妹妹麻子爱上了夏二，自己为不妨碍他们而躲开，那又是自己太善良了。

百子自己也不明白。

总之，百子和竹宫少年到箱根来，心中之所以如此茫然，似乎是由于夏二到家里来的事总在脑际萦绕之故。

“小宫，”百子呼唤道，“小宫在生活中有没有控制自己悲哀的时候？”

“悲哀？”

“和我这样在一起，难道不悲哀吗？”

“不是，不是，”少年痛苦地扭动着身子，“姐姐是要把我推到悲哀里去，是要抛弃我。一定是这样。”

“如果你明白这些，那我们就分手吧。”

百子又撒谎说：“我收到了你母亲的信，写着请还给小宫以真正学生的本来面目。”

“什么？”少年有些怯懦地说，“姐姐把我家都拿出来撒谎了？”

“我直到现在，好像忘了小宫有爸爸和妈妈。是我不好。”

“姐姐不该说谎。我不愿意这样被抛弃。还是说没爱过我吧。其实姐姐谁也没爱过。”

“我一直是爱你的呀。”

“是爱你自己吧。”

噢，爱那个死去的人……百子心里想着死去的启太，却说：“死去的母亲……”

“你妈妈？在芦湖，下雪那天，你说过爱你爸爸呢。”

“是那样吗？一样的呀。我母亲是为爱我父亲而死的。”

少年把脸贴在百子的脖颈上。

少年的眼泪滴在百子的耳朵下面。

那泪滴似乎渗入百子的头脑里。

“我爱姐姐。才要把姐姐杀了。这是我的心里话。”

少年的声音有些颤抖。

“那就杀吧。”百子像耳语似的说，“那好啊。”

“被姐姐抛弃的话，我要成为流氓的。我要抛弃更多的女人。我要比姐姐玩得更高明。”

百子吃了一惊，却冷淡地说：“是吗？因为小宫很高明……”

“不愿意，不愿意。我不愿意。姐姐，救救我。姐姐还不了解我。”

少年突然猛烈地摇晃着百子。

"我能被抛弃得了吗？姐姐变成恶魔，我也被抛弃不了。"

少年搂过百子的脖子用力拉，接着又摇晃。

"你还抛弃我吗？姐姐，这样你还抛弃我吗？"

百子一阵眩晕。

少年疯狂般倾吐衷肠的话语一直响在百子的耳畔。

少年的两只胳膊紧紧搂着百子，百子趴在那里透不过气来。百子在痛苦中似乎停止了呼吸，身体一抖一抖地痉挛起来。

少年猛地把胳膊放开了。

百子深深吸了一口气，感到有些麻木。

百子感到少年的手在暗处摸过来的时候，便屏住呼吸，佯装一会儿假死。百子自己也不知道为什么这样做。她心里热辣辣的，感到一阵空虚。

百子昏昏沉沉地入睡了。

早上起床后，百子要去洗澡，觉得脚下有些发软。

百子洗着脸，对竹宫少年把金项链拿走感到高兴。

百子也觉得奇怪，自己一点也没想到被杀，也没有反抗，后来也没有恐惧，只是麻木般地入睡了。

二

百子和竹宫少年从箱根回来以后，懒得外出，整天待在家里。

百子多是坐在缝纫机前，看来要把麻子夏季的衣服也全都承揽下来。

百子还设法给她把旧衣服改制成新样式。

麻子也喜欢西式裁剪。

“好了，姐姐，连衣服都给我改，真不好意思。”麻子说。

“我是一时高兴做的，让我随便做吧。如果不喜欢这种样式，不穿也可以。即使你不喜欢，从情理上也该穿穿……”

百子大概不是挖苦吧。

“活儿都让姐姐做了，我没什么可做的了，很不好意思。”

“是吗，麻子……”

“我觉得除了洗衣服之外，好像没什么可做的了。”

“那你就可劲儿洗衣服吧。”

“唉。”

百子笑着回过头看了看。

“你这人真讨厌。不用那么操心也行啊。”

“哟！”

“你总是非常担心爸爸，为爸爸操心，这我都见到了。我以为是我的偏见，但好像不是。反过来说，这样有些地方也对爸爸不好。麻子你自己没注意到吗？”

“我没注意。”

“是啊，把话全都说尽，我也感到说得有些过分。不过，因为你很像你妈妈。你妈妈对爸爸也没那样吧。”百子温和地说。

但是，麻子被刺痛了。

麻子想，这好像是外人的观察，好像是继女的观察。

“你没在爸爸周围拉满关心的细网吗？我见到那漂亮的蜘蛛网被微风一吹，在春日下闪着银光。”

“我自己不知道啊。”

麻子只是愣愣地答道。

但是，麻子问自己：是自己在和姐姐争夺父亲的爱吗？

近来，麻子和姐姐谈到父亲时，总觉得话语中有一种可怕的东西。

百子就是百子。她心里浮现出在箱根的强罗旅馆里见到的不认识的姊妹俩的样子。

竹宫少年是回东京了，还是在那一带走走再回来呢？百子想向女招待问一下他离开旅馆时的情景，但又难以启齿。

百子没有看女招待，便把视线转向庭园。早饭，她一个人吃不下去了。

这个旅馆原来也是藤岛财阀的别墅，只有七八个客室，而庭园却有五八千坪。

那保持着自然林原貌的庭园向山谷倾斜。树木茂密，没有园艺师人工斧凿的痕迹。

百子的房前，有一棵大栗树。

百子听见女人的声音，向那里一看，见姐姐从后面呼唤先下到庭园的妹妹。

“是姊妹俩，长得真像。”百子对女招待说。

“长得一模一样，真不可思议。”

“是啊。两个人还都带着差不多一般大的孩子吧。”

“真的。丈夫也一起？”

“是。而且还有夫人的母亲。”

“也像母亲吗？”

姐妹俩从百子的屋前走过，沿着庭园的路走了下去。

眼睑的线条虽然不太温柔，但是大大的眼睛、白皙的肤色很美。头发浓密，面部棱角分明。

看样子姐姐比百子小四岁左右。

二人都背着吃奶的孩子，孩子好像是同时出生的，都不到一周岁吧。

母亲穿的是旅馆的睡衣，而婴儿穿着同样的红衣服。百子想，两个孩子的衣服都是祖母给的吧。

庭园小路的两侧是茂密的杜鹃花。花已落尽的杜鹃遮掩着姐妹俩的胸部以下。她们站在茂密的绿叶里，远处的绿叶更加茂密。

稍稍离开一点以后，让人感到好像是孪生姐妹。

当背着身着红装的孩子、相貌十分相似的姐妹的身影浮现在绿叶之中时，百子入神地看着，感到像神圣的画面一般。

但是，当姐妹俩向后走时，见到那脖子又短又粗，膘肥肉厚，实在粗俗不堪。由于背着孩子，后背的肉尤显肥厚。

“哼。”百子自我嘲笑。

姐妹俩相貌相似，都背着婴儿，百子感到她们有一种神圣的幸福。也许这神圣的幸福投影到竹宫不在之时自己脆弱的感情上。

百子后来想，自己和妹妹麻子长得不像，这也许是神的意志，也许是人的胜利。

那以后，竹宫少年多次打来电话。

但是，百子没有接电话。

竹宫少年到家里来拜访。女用人予以谢绝，他也不回去。

“我去见见吧。”麻子说。

“好吧。又让麻子操心……你就说姐姐死了。”

“什么？”

“这样说他会懂的。”

过了一个小时左右，麻子有些不放心，上到二楼。

“姐姐，我以为是竹宫一个人呢，一个叫西田的男孩儿也一起来了。”

“是吗？还像个孩子啊。”

“另外还有两个人，是四个人。”

“是吗？”

“都同情小宫，四个人要一起死给你看。他们非要见姐姐不可，说什么也不听。”

“说姐姐是心满意足了，哪怕是表示一下谢意也行，可是……”

“姐姐，到外面去危险啊。”

“都是些老实的孩子。”

百子皱起眉头。

“过十年以后再看吧，受伤的仅仅是作为女人的我……”

麻子默默地看着姐姐。

“都说时间能够解决一切吧。可时间是仅仅为男人而流逝的。葡萄牙文里有这样的话：当我想竭尽全力医治恋情的创伤时，才知道恋情之深。麻子也要注意呀。”

麻子走到窗前，俯视着道路。

少年们已经不在了。

百子说：“麻子，你被太阳晒黑了。”

“是，打网球……”

“可真黑呀。”

“不过，我喜欢夏天。”

“你经常和夏二先生一起去网球俱乐部吗？”

“不。”

麻子离开窗子之前，百子坐到缝纫机前。

过了十天，麻子因患急性肋膜炎住进了医院。

夏二到家里来拜访。

百子想，麻子没有把自己得病的事告诉夏二。

为什么没告诉他呢？百子不知为何对妹妹同情起来。

“父亲让我到博物馆去，我正要走。事儿马上就能办完，咱俩一起去好吗？妹妹不在家。”

百子说完，夏二点头说：“好。暑假我回京都。在那之前特来拜访。我还带来了父亲的口信儿。父亲想请你去，让我回家时和你一起回去。”

“是吗？谢谢。”

百子从博物馆出来时，夏二正躺在草坪的樱树树荫下等着。

二人由上野公园向马路那边走着，百子问：“夏二先生是夏天出生的吗？”

“是的，正如我的名字，是八月。尽管我是夏天出生的，却怕热。”

“京都很热呀。”

“是。但是我非常喜欢夏天。”

百子忍住笑，装模作样地说：“那么，你是打网球把脸晒黑了？”

“是的，晒得很黑。”

百子不由想到，夏二的哥哥启太在军队也一定是晒黑了的。

百子觉得夏二有一股夏季男人的味道，一股启太的味道。

百子悄悄地从夏二身边离开了。

总好待在家里的百子，在烈日的照射下也确实累了。

彩虹的画

一

麻子出院的时候，已经是秋天了。

住院期间，麻子每天都看挂在病房墙壁上的一幅彩虹的画。

这幅画是米勒的《春》的复制品。

当麻子能走到放在医院走廊的电话前时，给父亲打电话请求道：

“我想看画。您下次来的时候，请您把藤岛武二的画集带来。”

“啊——藤岛的大画集？嗯，可是，那太重了，躺着看不方便吧。”

“是啊。不过，那里面有彩虹的画。”

“彩虹的画？彩虹的画吗？”

“是的。悬挂在湖上面的彩虹的画。”

“是嘛。可是，彩虹的画，有米勒的彩虹的复制品。麻子不记得了吧。”

“米勒的画？不记得了。”

“是嘛。现在放在哪儿了呢？找到的话，和藤岛的画集一起给你拿去。”父亲在电话里说。

翻开画集一看，藤岛武二的一幅标题为《静》的彩虹的画，是大正五年文部省展览会的展出作品。当然，这是麻子出生以前的画。

米勒的《春》或者《虹》，是在一八六八年的沙龙展出的作品。这是距今八十年以前，是麻子的父亲出生以前的画。

在画这幅画的前一年，米勒在万国博览会展出过的九幅作品获得一等奖，还荣膺政府勋章。他五十五岁时，在漫长而艰苦的战争之后，迎来了光荣和胜利的时刻。

但是，据说米勒的这幅《春》似乎是在尚未完成的情况下在沙龙展出的。而这幅画是在六年以后的一八七四年完成的。那一年，是米勒去世的前一年。所以，这幅画也被称为米勒最后的名作。

“米勒的这幅画，麻子没什么印象吧。”

父亲来到医院，又问道。

“没什么印象。”

“是啊。”父亲似乎有点怀疑地说，“那时你还小啊。你大了以后，这幅画还没拿出来过吗？”

“我没见过。”

“是啊。也许你没见过。这是爸爸到西洋去的时候作为礼品买回来的名画复制品中的一幅。各种各样的画都送人了，你妈妈说喜欢这幅画，所以就留在了家里。”

“妈妈喜欢这幅画？”

“是的。所以，就这样装在镜框里，你妈妈挂在房间里了。”

麻子坐在床上，说：“这幅画我也喜欢……”说着，一边入神地看着这幅彩印，一边用袖子擦了擦镜框的玻璃。

“彩虹画得有些靠边儿呢。”

“是啊。”

“这是苹果花。”

在冬去春归的原野上，绿草萌发，三四棵苹果树开着白花。对面山丘的树林也泛出嫩绿。红色的土湿湿的，黑色的雨云中悬挂着大大的彩虹。

彩虹从画面的左上方竖起，伸出画面。是在向万象更新的春天祝福吧。

百子来看望麻子时，这幅米勒的《春》挂在病房墙上。

由于百子背对墙壁坐着，没有注意到。

“姐姐，那幅画是爸爸给我送来的。”

听麻子一说，百子回过头来，不由说了声：

“哟！”

为了看得更清楚，百子向后退了退，手支在麻子的床上。

“噢？这幅画到这来了？”

“姐姐，你记得这幅画？”

“记得呀。”

“是吗？我不记得了。爸爸说我也许有印象，可我想不起来了。”

“也许是的。”

“听说妈妈很喜欢……”

“是吧。这幅画一直是挂在妈妈的房间里的。”

“噢？姐姐，这你还记得？”

“记得，忘不了。我被爸爸从乡下领回来收养的时候，这幅画就在妈妈的房间里挂着。”

麻子有些吃惊。

“我的印象很深。”百子说，“你病了，爸爸因而想起了妈妈，把这幅画拿来了。这是让妈妈守护你。”

“不是的。是我想看藤岛武二的有一幅湖水彩虹画的画集，请爸爸拿来的。爸爸说，看彩虹的画，还有一幅米勒的彩虹画的彩印……”

麻子说着，把藤岛武二的画集拿给百子看。

“因为我想起了琵琶湖的彩虹，所以想看这幅题为《静》的画。”

“是吗？”

“爸爸说，米勒的画是他从西洋带回来的礼物……”

“是吗？我被领回来收养，也是爸爸从西洋带回来的礼物呀。”

百子忽然说得吞吞吐吐，但又紧接着若无其事地说：

“爸爸离开家乡，到了遥远的外国，想起我母亲和我的事来。所以写信和麻子的母亲商量。麻子的母亲嫁给爸爸时，知道有我这个孩子。不过，我母亲没能和爸爸结婚，而且死了。我在母亲乡下的家里……一切都已经过去了，爸爸可以把我舍弃掉。爸爸在遥远的国外，变得胆小了吧。麻子的母亲也许由于远离爸爸也变得胆小了吧。”

百子说这些话时，用了“我的母亲”“麻子的母亲”的称呼。

这样的称呼，麻子听来有些刺耳。

时至今日，麻子已经不像从前那么烦恼了。尽管如此，麻子对于自己还不大记事儿的时候，年轻的父亲在外国旅行期间哀切地想起不是自己母亲的女人和她的孩子，仍然是难以理解的。

“所以，我感到我成为麻子的姐姐，好像是爸爸从西洋带回来的礼物。我被领回爸爸家里那天，就见过米勒的这幅画。”百子又说了一遍。

麻子也看着墙上的画，说：“我不记得了。”

“我第一次见到你那天，你还在妈妈怀里抱着呢。你好像很奇怪地看着我。‘麻子，这是姐姐，姐姐来了你高兴吧。’妈妈这么一说，你就很害羞地侧过脸去看妈妈，把手伸进妈妈怀里。你还摸着妈妈的乳房了呢。我很悲哀，也很嫉妒。在乡下常听别人说，要见到将成为你妈妈的那个人，她膝前有一个可爱的孩子，是很像你妈妈的。那时我想，她不是我的妈妈。”

“我记不清了。”麻子小声说了一句。

“是啊。咱俩是异母姊妹，这是我告诉你的。那是你几岁的时候？”

“六七岁的时候吧。”

“是，你七岁的时候。那时，我很难过。妈妈的亲生女儿不知底细，而继女却知道。如果与此相反，我也可以把内情隐瞒起来，关心照顾继女妹妹……由于不是这种情况，所以我觉得像是从你那儿偷了什么东西似的，一直感到很内疚。我说出了咱俩不是同一个妈妈，你哭了起来。我浑身直发抖。你见我发抖，好像很吃惊，不再哭了。”

“那时的事儿，你记得很清楚啊。”

“为什么发抖呢？事后想来，好像自己是个逞强心很重的孩子，自己也很讨厌自己。我有时也瞎想，你可能也稍稍知道一些。”

麻子摇了摇头。

“我打着哆嗦，不让你把这话对爸爸和妈妈说。”

“都是过去的事了。”

麻子躺下了，把毛毯拉到肩头。

“是啊，不说这些了。看到这幅画才想起来的。”百子转过身，回来坐到画下面的椅子上，“说起彩虹的画，好像也有广重的亲笔画。在哪儿见过呢？也许在画集里见过。大海上悬挂着细细的彩虹，我想画的一定是洲崎。”

“有各种各样的彩虹的画吧？”

“是的。广重画的洲崎晴岚，是江户八景，所以也并非和琵琶湖没有关系。下次我把广重的画集拿来好吗？”

“好的。”

“洲崎彩虹画，好像画得淡淡的，虚无缥缈。”

百子也许是想喘口气才说起广重的画的。

但是，百子回忆起小时候，麻子也随之回想起小时候的事。

异母姐妹的回忆，不是合一，而是分流的。

姐姐又看着墙上的画，说：“米勒的画有着深厚的力量和强烈的喜悦。我小时候从乡下来，见到这幅西洋画，感到进入了与以前不同的洋气而华贵的生活。由于是来到爸爸家里，幼小的我也在心里描绘起彩虹，可是……”

百子想说，那彩虹消失了吧。

即使如此，百子小时候第一次见到这幅画时，麻子还被妈妈抱在怀里，对这些并没有什么印象。

而且，亲生女儿麻子对继女百子所记住的母亲的事情，也并没有什么印象。

麻子的心里对此也并非没有不合理和奇怪的感觉。

在麻子的内心深处，难道没有潜藏着对于异母姐姐的敌意和嫉妒吗？

小孩子都是只顾以自己为中心，说不定想出什么坏主意。年幼的麻子瞧不起在母亲膝上抱着的从乡下领回的继女姐姐，是个什么样子呢？麻子以其儿时的憨厚，没有把对姐姐的轻蔑、憎恶明显地表现出来吧。

正因为麻子自己想不起来，更感到有些厌烦。

“你想看彩虹的画，可能是由于生病，也可能由于小时候曾经看过妈妈所喜欢的彩虹的画。”百子说。

麻子心里一震，说：“不是。是因为想起了琵琶湖上冬天的彩虹。”

“冬天的彩虹，不适合你，倒很适合我。你看像米勒画的那样春天的彩虹多好啊。”

“可我，也并不像姐姐所想的那样。”

“倒也是。我在你小时候闯了进来，也许改变了你的性格。我对你说出了我们是异母姊妹以后，你就和从前不一样了，对我特别体贴。你之所以现在也对别人非常关心体贴，成为过于善良的孩子，原因也在于此吧。我把实情告诉你有些太早了。”

“不过，想一想妈妈结婚的年份和姐姐的年龄，哪个孩子也会知道的吧。”

“是的。”

百子点点头，右手紧紧握着左手的手腕，悄悄地低下了头。

“不过，我明白年纪小的你的体贴，我小时候就发誓一生不辜负你。但是，我不行。我死了只剩下骨头以后，也向你道歉。”

“哎哟，姐姐！”

麻子微凹的眼睑在抽动。

百子不能不想到，麻子肋膜的损伤也是由于她体贴人的性情所致。

麻子被夏二邀去打网球，很快便热衷于这一激烈的运动。麻子无疑是愉快和高兴的，但是似乎是为夏二的喜好而忘我热衷于这一运动。

麻子没有把自己得病的事如实告诉夏二，也是麻子对他另一种温柔的体贴吧。

百子觉得妹妹很招人怜爱。

但是，百子见到夏二的时候，也没有说妹妹得病的事。这不一定是她体谅妹妹的心情。

百子虽然知道夏二到家里来是找妹妹的，但是和他一起去博物馆，一起走在路上，也没说麻子住院的事。

夏二没有在百子面前提起麻子的事，百子觉得他是难为情。百子的心情既说不上高兴，也说不上不高兴。

百子到医院去看望麻子，没说见到夏二的事，也没说夏二邀她到京都的家里去的事。

但是，由于麻子不在家，百子整天忙于照顾父亲和安排厨房的活计。

"麻子不在，爸爸就无精打采的。我不愿意看他这样。爸爸的事总是都托付给麻子，所以我什么也不知道。"百子摇着头说，"就是一个汤汁，我也做不出和麻子同样的味道。连这事我也担心，心里不痛快。我和爸爸两个人生活，真受不了，低三下四的。"

百子说着，心底深处摇曳着一簇奇怪的火焰。

继母活着的时候，百子好像在暗暗抑制自己，不和父亲来往亲近。

这一习惯，一直持续到现在。

就连麻子的病房里有一幅麻子母亲所喜爱的彩虹的画，百子心头也忽然掠过一丝这是不是父亲瞒着自己而拿到这里来的疑云。百子感到自己很可怜。

如果不是麻子正看着她的话，她直想把牙咬得咯咯响。

二

两三天前发出警报的台风虽然偏离到大海那边，但是从黎明时便刮起了大风。

麻子以为声音是雨敲打在玻璃窗上，实际上却是银杏树叶。

叶子还不是落叶的颜色，才刚刚开始发黄。这样的叶子也许很脆。

这棵银杏树，比医院二层楼的屋顶稍高一些。

只一个早晨，树叶就落得已经见到树枝了。

那天早晨，竹宫少年很早就来到医院。麻子不由得吃了一惊。

“啊，你怎么了？”

“可以进去吗？”

少年站在门口。

“有风，把门关上。”麻子说。

少年关上门，却没有走到麻子跟前。

少年背对白色的门扉，脸好像凸出来似的。

“怎么了？你怎么知道这里？”麻子不由一阵心跳。

“向女用人打听的。”

“是吗？”

“我藏在你家的墙后暗中看着。我想，女用人一定会出来办事的。她出来时，我强逼着她问出来的。”

“是吗？”

麻子已经能下床了。她穿着箭翎花纹丝绸夹衣，坐在床上。

她把脖领和膝盖都掩得紧紧的。

“女用人说你姐姐在京都，说你住院了……”

“姐姐在京都？”

麻子愣了一下，想说却没有说出来。

是女用人欺骗了竹宫吧？

但是，听说父亲为夏二的父亲设计的茶室完工，茶室启用时要请父亲去。

父亲曾经安慰似的说过，等麻子病好了一起去京都。麻子想，姐姐可能是先去了吧。

尽管如此，在这大风天的早晨，竹宫到医院来干什么呢？

麻子松松地扎着孩子系的布腰带。她连这事也很在意。

“我也想到京都去。”少年说。

也许是被风吹的关系吧，少年的脸有些发红。一直到耳际都像冬天冻的那样粉红。他刚进门时，只有嘴唇是红的。

麻子镇定了一下，说：“到京都见姐姐去？”

“是的。”

“见她干什么？”

“见她干什么，我也不知道。可是，往最坏里说，不是把姐姐杀了，就是我死。不给别人添麻烦。”

麻子觉得像触摸到凉凉的蜥蜴的皮。

“你是为了向我说这事才到这里来的？”

“不是的。我是感谢麻子小姐，仅仅是来看望麻子小姐的。”

麻了听到的好像是 句空话。

“上一次到你家去的时候，感到你很好，我们就都老老实实地回去了。”

“是吗？不过，四个人一起来，是很卑鄙的，我很生气。真有意思。”

“是吗？”少年垂下了眼帘。

“还有，我是来送还姐姐的项链的。希望还给姐姐。”

少年从衣兜里掏出金项链，走到床前，把金项链放在被边上。

“这是怎么回事儿？”

“是我偷的。拿着这样的东西是卑鄙的。姐姐给我的东西，都烧了。我是在和姐姐比胜负。”

“比胜负？不要那样。请你别去追姐姐不行吗？你不能等十年吗？等十年以后，如果想杀姐姐的话，杀也可以。”

“我活不了那么长时间。”

麻子不由得打了个冷战。

“五年也可以，三年也……”

“麻子小姐认为姐姐怎么样？”

麻子一时不知如何回答。

“我是来送还项链的，再见，祝你好运。而且，我还想见见麻子小姐。你的病不见好的话，我会很难过的。这我就放心了，请保重……”

忽然走出门去的少年脖颈上，是留得长长的头发。

在麻子头脑中留下很深印象的，是有着略呈蓝色的白眼珠的那张脸。

麻子躺下，闭起眼睛，用手按着眼睛。她感到手有些凉。

风声弱了下来，麻子睁开眼睛一看，浓重的黑云翻卷过来。

麻子给父亲打了电话。

父亲说四五天内到京都去。

“姐姐也一起？”

“是啊，带着百子去。等你能出院，再一起去好了，要注意身体。回到家里也只是你一个人，在医院等着反而更好吧。”

“姐姐没在家？”

“风停了，她出去了。风很大，医院怎么样？”

“唉——”

竹宫少年来到医院，说姐姐到京都去了。这话，麻子想对父亲说，但是没有说出口。

父亲和百子乘“鸠”号特别快车出发了。

乘务员在列车广播里说：这列车是新式客车，二等车厢座位的踏脚板可调高、中、低三段，椅子靠背按个人所喜欢的角度，可以向后倾斜到四十五度。

父亲立即把椅背向后倾斜四十五度，把身子舒展开。

百子也想按父亲那样去做，但是忽然想起来自己已经怀了竹宫少年的孩子，身子不能向后仰。

应该说百子的肚子还不显眼，但是她觉得腰已经不能挺直了。

百子怀疑自己怀孕，是到京都来之前。

百子喜欢看外面的景色。

农家的菊田里红色的菊花正在盛开，对面的铁丝网中是白色的鸡群。

柿子也呈现出黄色。

昨夜的雨使三河路美丽的房瓦今天还显得黑黑的，湿湿的。

浜名湖的沙滩上也掀起秋天颜色的浪峰。

火车在这附近停下了。

“各位请注意，各位请注意，现在在等信号。”

车内扩音器传来广播员的声音。

火车一开动，百子就站了起来。

厕所分别在车厢前后两头，前部为男厕，后部为女厕。

百子想，这也是怀孕之故吧，她已经忍了很久。

秋叶

一

父亲带着百子从银阁寺顺路到法然院之后，回到三条的旅馆。

“记得谁曾经说过，在京都，走在市中心也觉得像走在高原上。今天就是这样啊。”父亲止步仰望天空，真是秋高气爽。

出了银阁寺，沿山边的路往前走，见到了法然院的黑门。

池子边上已经见不到菖蒲花了。著名的单瓣茶花还没有开，在长有红叶的庭园的白沙里有水的声音。

寺内山茶很多，据说住持做了许多山茶的俳句。

在法然院附近的住莲山安乐寺里有松虫和铃虫的五轮塔。百子也知道关于后鸟羽院的宠姬松虫、铃虫和法然上人的弟子安乐、住莲的故事。

据说，安乐、住莲二僧因此被处斩，其师法然流放佐渡。

现在该寺已经冷落，没于荒草之中。

安乐寺的南面，有鹿谷的灵鉴寺。

从灵鉴寺沿水渠边儿下行去若王寺，之后是南禅寺。

青木的家在南禅寺附近。

今年春天，青木的父亲说："在京都，感到若王寺水渠的樱花颜色很好。"

百子和麻子觉得若王寺大枫树的嫩叶很美。她们观赏了一会儿。在密密的嫩叶中透出天空的颜色，令人感到实在是日本枫树的样子。

百子想看枫树的红叶，但是担心腹中的孩子，辞别了说顺便到青木家去一趟的父亲，便回旅馆去了。

今年春天住的时候没有见过的新来的女招待自我介绍说，自己是原海军大佐的女儿。

"我爸爸一直当大佐，总也上不去，真丢面子。"

"大佐，很了不起吧。那时做什么呢？"

"当了潜水艇的司令。战争结束后，成了海军老人，没什么用了，却又被拉出来，他说想快点死在海里。"

"是啊。现在又发生战争，封锁了朝鲜和中国的沿海。不过，日本啊，日本的潜水艇都沉没了吧？"

"怎么样了呢？我也没工夫问那些事。"

她是大佐的女儿啊——百子想。据说她丈夫由于军舰沉没，死了。

她还有两个孩子。当百子听到大的孩子上小学二年级时，不由盯着她看。

"啊，真没想到。漂亮的人是显得年轻啊。你真年轻，我以为比我小呢。"

"你说什么呀，小姐才漂亮……"

女招待虽然眼皮稍稍有点肿，却是一个长脸形的京都美人。

女招待是独生女儿，战死的丈夫是养子，母亲也已经去世，原海军大佐不能照顾孩子，所以特许她回家住宿。

"虽说回家住宿，穿的也不能多花钱，自己喜欢的衣裳也没钱买，收入也比住宿工少。晚上回家一般都是最后一趟电车，和孩子见面也只是在早晨匆匆忙忙的时候。从午饭的盒饭到晚上的饭菜都必须在早晨上班前匆忙准备好。上边的孩子是女孩。妈妈的餐桌上冷冷清清。忍着点吧。爷爷不是在战争中被打败了嘛。"

百子想，旅馆的女招待，一个年轻的女人养活一家四口人，在现在这时候是不容易的。

"我常想，如果有一个孩子和我两个人干活儿的话，总能想法子对付下去的。现在就我一个人，干活儿也没劲头儿。"

"是吗？"百子迟疑地说。她想，如果自己也抱着战死的启太的孩子，现在会怎么样呢？

生下了不是启太的、而是竹宫少年的孩子，来年该去做工了吧。

女招待说，从六月开始上班，时间不长就在梅雨季得了浸润型肺结核。夏季休假了，但是为了孩子冬天的穿戴，就又到旅馆上通勤班来了。

“太累了，这里很沉重啊。”

女招待说着，用手拍了拍肩。

“我妹妹也肋膜不好。春天和我一起来时，给这里添麻烦了。可现在她在住院……”百子也说，“但是，妹妹是由于打网球。”

“那身份不一样啊。”

但是，百子想，如果麻子是为了夏二而忽然做了过于激烈的运动，那也许还说明她的认真。

“身份不一样，这是过去的话啊。”百子笑了。回顾自己，好像是一种苦笑。

过去的潜水艇司令能得到退休金，今天却和两个孙儿一起被女儿养活，而在未来世界的变化中，百子不知道自己将会怎样。

“有确实身份的人，在现在的日本有一个人吗？你负担着三个人，也许只有这个是确实的。”

“是的。但是，我的工作、我的身体都一点儿也没有保障。四个人必须吃饭，只有这个是确实的……”

女招待说，想卖掉一所出租的房子，做点买卖，但是在那房子里住的三口人无论如何也不搬走。

像这个女招待一样经历的人一点儿也不稀奇，现在多得很。

但是，百子真不能相信自己面前这位从两颊到嘴角都很美的女人，竟是有这种遭遇的寡妇。

“你再结婚吧。”百子轻轻地说。

“真没意思。有人说年轻人有很多，中年男人也可以，但是我有三个累赘，谁肯要我呀。再加上我在旅馆，见到了男人的许多内幕，已经不行了。”

“还是找一个喜欢的人吧。一个人带着病干活儿，现在社会上谁也不说你好的。”

“真的。小姐，你给我介绍一个吧。”

海军大佐的女儿也开起这样的玩笑来。

但是，百子感到有些吃惊，好像自己要劝这位海军军官的未亡人去做小老婆一类的人。

更为吃惊的是，百子说这话的时候，启太的父亲青木竟然作为考虑的对象浮上脑海。

青木是独身，这样不会给别人添多少麻烦。女招待的肺病也许能得到疗养。

然而，这是怎样的胡思乱想啊。

对女招待的同情，为什么使她想起了启太的父亲呢？百子感到不是女招待和青木不纯洁，而是忽然把二人联系起来的自己不纯洁。

“不过，要珍惜应该珍惜的东西。将来你会知道的，无论怎么艰苦，还是珍惜的好。”百子温和地说，“我不知道什么是你最珍贵的……”

"啊，什么是最珍贵的呢？可是，这样直截了当地对我说这话的，只有小姐你一个人。我给小姐收拾房间就很高兴，因为小姐很漂亮……"

女招待叠起百子的围巾，收起外套，拿起热毛巾出去了。

百子端着热乎乎的茶杯发愣。

"姐姐！"

竹宫少年无人引领，自己进来了。

少年拉开隔扇，站在那里。他的头发长长的。

"小宫？"百子沉着地叫了一声，"到这儿来坐吧。"

少年屈膝端坐在桌子的外侧。他面容消瘦，但是目光犀利。

"姐姐，我来了。"他只说了这么一句。

"是吗？你来了。"百子感到有些晃眼，"小宫，你到医院去看麻子了吧？为什么去？"

"为送还姐姐的项链……"

"我收到项链了，但是我的东西不是应该还给我吗？和我妹妹没关系呀。"

"是的。另外，我还想和麻子小姐告别。"

"告别？告别什么？"

"告别这个人世。"少年说得很干脆。

"是吗？小宫打算去死？"

"是的。"

"你说这话，我是不会吃惊的，所以就到我妹妹那儿想让她吃惊？”

“也并不是。”

“不过，不先到我这来，而是先到我妹妹那去告别，难道不奇怪吗？因为麻子是对什么都同情的人？”

“我不想得到同情。我只是想感谢她。”

“你有什么可感谢麻子的呢？”

“只要她活着，我即使死了也是高兴的。所以，我去看看她的病怎么样了。”

“是吗？”百子心里平静下来。

“麻子活着你就高兴，这么说你是来杀我的？”

“是的。”

少年点头，清澈的眼睛闪着光。

“我已经什么也不想了。不是没有什么了不起的吗？”

“是的。也许没有什么了不起的。被你杀了也可以，不过小宫，还是不要杀我。之所以这么说，是因为我曾经很多次考虑过，我自己去死。”

“姐姐是在戏弄我。”

“小宫，以前就想对你说的。可是小宫，你是同性恋吧。这我是知道的。你不想去杀和你同性恋的那个人，为什么想来杀我呢？”

竹宫没有回答。

“请你作为一个男人活下去。这就是我与你告别的话。同性恋是不能生孩子的。”

但是，少年没有听清百子的这句话。

“在这里死了，小宫的一生就完了。”

“我不想被姐姐抛弃。”

“是吗？那么，为什么打算杀我？还是掐脖子？因为小宫经常要掐我的脖子……”

“我不能。我知道我不能。”少年说着，摇摇晃晃地站起来，走到百子的身后，一只手搭在她的脖子上。

百子没有反抗。

“姐姐，可以吗？姐姐，如果难受或不愿意，就说。我会把手松开的。”

竹宫的手在颤抖。

“你可真是个滑稽的孩子。让我看看你的脸。”

百子是想到孩子会不会像这个人，才这样说的。

少年从百子的右肩探过头来，眼泪吧嗒吧嗒地落到桌子上。

百子闭上了眼睛。

但是，她感到少年手上那实实在在的力量，就好像要把她的喉咙吊起来似的。

“小宫！不行，小宫！”百子嘶哑地喊叫着，“小宫的孩子……我肚子里有小宫的孩子呀！”

当然，少年的手松开了。但是，百子没想到自己竟然为这句话而感到羞涩，竹宫也忽然变得可爱起来。

“孩子？”

少年把脸贴在百子的背上。

“说谎。说什么谎话！孩子？我不是孩子吗？”

“小宫不是孩子了。”

百子似乎感到一股暖意从小宫的脸上直渗到自己的后背，心跳得厉害起来。

“我母亲是生我以后死的，可是小宫想在我生孩子之前杀了我？”

百子不由充满了温柔。

“姐姐，你是在撒谎吧。”少年又重复了一遍。

“不是撒谎。我是不可能撒这种谎的。”

“嗯——”

少年的脸和手都从百子身上离开了。

“姐姐，不是我的孩子吧。撒谎！一定不是我的孩子！”

“噢！小宫……”

百子像被泼了一盆冷水。

“是吧？姐姐，不是我的孩子吧。我还是个孩子呢。”

百子冰冷的心在颤抖。

“是的。是我的孩子。不是小宫的孩子……”

“讨厌。”

竹宫站在那里，从身后五六步的距离看着百子。

“姐姐撒谎。我是不会受骗的。”

他双手捂着脸。

“啊——”

他喊了一声，从房间走了出去。

百子一动也没动。

百子回想起自己第一次被启太拥抱，松开以后，心底深处涌起难以形容的憎恶和悲哀。

竹宫少年是由于嫉妒而离去的，还是由于卑怯而逃走的呢？

“我还是个孩子呢。”

只有这句令人毛骨悚然的话，冷冰冰地留在百子的耳中。

二

青木新茶室的客人，只有水原和百子二人。

水原从银阁寺、法然院回来，顺便到这里看看茶室。他不是来谈茶室设计的，但还是说：“不过，首先从设计者来看，茶室的设计好像也是穿西服进来，不太……”说着，扭头看了一眼百子，“这样，麻子来的话，她也是穿西服……”

“哎呀，主人就这样，茶道礼法也不怎么样。”青木笑着说，“最近，在一家旧货店听说，喜欢茶道的人多起来了，想要请茶客的人多得很。他们一边看着参考书，一边学茶道礼法。师傅在洗茶器处一一指导。据说那人又高又胖，把锅盖拿起来放下去的时候用力太大，把不知是黄濑户还是织部烧的放锅盖的陶具啪的一声压碎了。”

水原也随声附和地说：“那是蛮力气。真是闻所未闻。”

“是啊。是个东京人。他的大名很快就威震京都。”

“可是，把放锅盖的陶具压碎是常有的事吧。”

“完全不是。即使让你把它压碎，也是压不碎的。”

青木把锅盖往那上面放了两三次，发出很大的声响。

“说起西服，我们问了里千家的师傅，听说现在来师家的客人，男的也几乎都是穿西服。据说在战前，穿西服进师家的门就显得不谐调、没规矩，客人会感到有些难为情……”

“可是，据说近来在银座的小流氓中学习茶道也很时髦。小流氓来到银座的旧货店，见到志野陶瓷茶碗，问原价多少钱……”

“我们也和他们差不多吧。但是，在战争中孩子被抓走，房屋被烧毁，隐居京都，也想附庸风雅，请人建一间茶室，又爆发了朝鲜战争。”

“但是，利休虽说在桃山时代，也是战国时代以后的人。吉井勇也写过这样的诗。”

“利休的时代没有原子弹。另外，请人设计防空壕也许比茶室更要紧。”

“我作为一个建筑师，去看了广岛和长崎的惨状。看了那里以后再看京都，走在街上也感到不寒而栗。那些只能一头出入的死胡同，在原子弹爆炸中是最可怕的吧。”

“是啊。那就吃着汤豆腐，老老实实地等着那可怕的事情……”

青木一边点茶一边说。

“南禅寺的豆腐店很近，我经常自己去。坐在荷花已经枯萎的泉水旁边的折凳上，一点一点细细品味，红叶飘落，日暮降临。忘记了附近有自己的家，养成了独斟自饮的怪癖。在茶室也不知不觉迷迷糊糊，自己给自己斟，真丢脸啊。”

壁龛里挂着《过去现在因果经》。有十八行。水原知道这是青木在京都得到的，说好要看一看。

“因果经，这是你爸爸要看的。”青木把身子转向百子。

“壁龛里是天平时代的画经。我家的茶道用具不太谐调，这是由于你爸爸的关系。不过，因为你爸爸是茶道会的老手，所以风格不谐调的地方反而显得更有趣。”

“八世纪的日本画经，放在自己设计的壁龛上，这幸运真是不可思议。”

“当今，佛画虽然有点过时，但是也作为启太的供品吧。百子小姐也来了……”

百子看见那些淳朴亲切的偶人般的小佛像，心里不由一阵绞痛。

青木用小圆竹刷为百子搅着茶，说：“后来看启太的日记，感到父亲对儿子有许多事情没有很好地了解，没有很好认识到儿子的真正价值。对死去的儿子的留恋使内心感到很孤单。父子之间就是这样的吧。”

“也许是那样。我和女儿之间，也是这样的。”水原答道，没有看百子。

“噢，如果两个人都活着的话，那我们的谈话就完全不同了。”

“那——怎么样呢？”

“当着百子小姐的面说有点……启太活着的时候，水原先生对百子小姐和启太的爱情是同意的吗？”

青木仍低着头，把茶碗放到百子那里，说：

“请用吧。”

“谢谢！”百子向前挪了挪身子。

水原嗫嚅地说：“噢？听你这么一说，我也不是完全不知道。那——我说那是百子的自由吧。”

“是吗？那么你好像是同意了，谢谢你。”

“嗳。”

“我几乎是一点也不知道。这也是不了解儿子的其中一点。然而，在启太死后我同意了。我这随心所欲的做法，给百子小姐带来了麻烦。说是为儿子祈冥福也罢，说是父亲的忏悔也罢，总之好像是让人与死人打交道。今年春天在左阿弥见面时，我向百子小姐致谢和道歉，并说，已经过去的事，就当没有这回事……百子说，事情并没有过去……这话一直记在我的心里。”

“那么，我也明确表态，同意百子爱府上的启太。”水原说。

“谢谢。但是，水原先生和我，都是在启太死后……”

青木用胖乎乎的手擦了擦茶碗。

晚饭是回到客厅吃的。观赏庭园的红叶，还是在客厅为宜。

是辻留的精美茶道菜肴。

百子心里很乱，觉得菜也没什么味道。

水原趿着高齿木屐，下到庭园，又向茶室走去。

“大门两侧篱笆的茶梅开花了。”

水原的声音从外面传来。

青木若无其事地看着百子。

“百子小姐，请在京都住些天吧。”

“好。谢谢您。”

“夏二常到你家去，受到关照。”

“是的，以后再确认一下……”

“噢，知道了。”青木闪着毫无老态、炯炯有神的目光。忽然他的眼睛又像布了一层阴云，说：“百子小姐，你有什么要担心的事吗？”

百子一下子红了脸，感到被人看透了心事。

“啊——人有什么事情的话，一般都是打算商量的。百子小姐，无论什么事情都尽管说吧。我对一切都不会吃惊的。我已经是超现实的人了，实际上好像是已经自杀的人了。”

百子把放在膝盖上的双手，交叉地放在腹部。

河岸

一

琐事之所以使我们宽慰，是因为琐事使我们苦恼。

这句话，百子嘟哝好多次了。

她认为一切都是生活琐事。

竹宫少年的死，难道不是一件生活琐事吗？

百子没有生下竹宫少年的孩子，难道不也是一件生活琐事吗？

实际上，百子之所以现在还这样活在世上，就是因为百子的养母——麻子的生母——把氰酸钾换成了砂糖之故。不过如此而已。这是何等细小的琐事啊。

重病痛感死之将临，以深深自责之心，忽然领悟到之前深感重要之事，其实并非如此。

这句话，百子也是知道的。

重病，不仅指身体的病，也指心里的病吧。

百子就屡次有过心里的重病。现在也正患着这种病。生母的死，使得自己心里的病无药可医，接着又是恋人启太的死，难道不是使心里的重病更加严重吗?

大凡人的语言——不，就连上帝的语言，大抵都能做出随自己意愿的解释。同时，无论陷入怎样的窘境，也能找出无数为其辩护、辩解的适当的言词。

但是，那成为痛切的真实感受的语言，存在于痛切的体验之中。

启太第一次拥抱百子之后，说：

“哎呀，你这人不行啊。你……”

当百子告诉竹宫少年“我怀上了小宫的孩子”时，竹宫说：

“那不是我的孩子。我还是个孩子呢。”

竹宫说完，逃走了。

这两句话的可怕之处，只有百子本人明白。

这两个人都已经死了。好像是受到了自己说的话的惩罚。好像自己说的话宣判了自己的死刑。

启太战死了。竹宫少年自杀了。

而且，加上百子肚子里怀着的孩子，一共死了三个人。

“不过，启太的战死，不是由于我的缘故；小宫的自杀，也许不是由于我的缘故。”

百子自己嘟哝着。

“启太死时，我自己也想死的。吃了砂糖幸免于死，不是由于我的缘故。小宫死前，我也想让小宫把我杀了的。因为他掐我脖子的手松开而得救，也不是由于我的缘故。”

无论是谁的缘故，或者不是谁的缘故也罢，总之三条生命消失了，这是事实。

但是，百子还活着。

“你是不该死的人……”

百子好几次像唱歌似的念诵，那回声在心海鸣响，使心海澄澈。

这是为爱而苦恼、跳入濑户内海自杀的诗人生田春月吟咏的恋人诗中的一行。

赴死的诗人对那女人唱道：

你是不该死的人
你是生命之恋的妻子

他写下了这样的绝笔。

“你是不该死的人。”

竹宫少年死后，百子联想到他说麻子的类似的话。

“只要她活着，我即使死了也是高兴的。”

百子听到这句话时，曾申斥竹宫，并反问：“你是来杀我的？”竹宫少年死后，这句话更深地印刻在百子心里。

同时，在百子心里，这句话使她进一步追溯到生母的自杀。

在生母自杀的这个冰冷的世界上，百子对于启太和竹宫二人的死，既没有罪孽感，也没有悔恨。似乎燃烧着对于水原愤怒的火焰。

但是，百子把自己青春的女人之身所许给的两个男人都死了。

两个人都不是自然死亡，而是暴死。这该怎么说啊！

况且，两个人都没有完全得到百子的女人之身便终结了生命。这该怎么说啊！

当时的百子和现在妙龄的麻子所处的时代不同，即使麻子也许正在读《完全的结婚》或《查泰莱夫人的情人》，可百子想，麻子能理解自己的心情吗？

然而，来信告知竹宫少年自杀消息的，却是麻子。

麻子绞尽脑汁，把信写得像简单的报告一样。

据说竹宫少年是在箱根的山里死的。

百子想，他一定是选了和自己有关系的地方。

百子带着竹宫，早春时节去了芦湖，初夏时节去了强罗，少年可能是在那一带的山上死的吧。而麻子的信中只是说在箱根。

少年没有留下遗言、日记以及任何文字。

也许是写后又撕了。但是，从他死前连一封信也没给百子寄来的情况看，也许根本就没写什么。想来，竹宫也不是写日记的那种性格。

百子连一张明信片也没给竹宫寄过。这也实在奇怪。

二人之间就是这样的关系吗?

可以说，不肯留下一点文字证据，这倒像是竹宫少年的性格。

她感到虚无渺茫，可是反而又感到他死后的纯洁、充实和实在。

百子并非不知道，死人留下的遗言大体都有虚伪和粉饰的成分，不过是伪装真实的虚妄而已。

所有动物和植物，都是不留下任何语言便死去的。岩石和水也是这样。

百子想吃氰酸钾却吃了砂糖的时候，也没有写下遗言，还把以前的日记等物烧掉了。

“小宫，你什么也没说呀。”

百子读着妹妹的信，不由对少年的沉默双手合十，落了泪。

“你家里人一定不满意吧。不过，我是这样就可以了。小宫，谢谢。”

麻子在信里写道：百子还是暂时不回东京为好。

“精明的小姐，感谢你的提醒。你是不杀人的吧。”

信中说麻子给竹宫上了坟。

“为什么？是替姐姐死的？是替姐姐谢罪？”

信中说祖祖辈辈的陈旧墓碑，和美丽的少年很不相称。

少年进入了百子体内，抚摸着百子的肌肤。少年的胳膊紧紧搂着百子的脖子。少年没有在墓地。现在哪里也没有他。

但是，百子不由感到毛骨悚然，有些浑身发抖。

竹宫的孩子离开百子的身体死去的同时，孩子的父亲——那个少年不是也死去了吗？

麻子也没有告诉她少年自杀的日期和时间。

但是，百子面前划过一道闪电。

“那时候，也许小宫也死了，一定是这样。”

那时，百子的体内流出了血。一个生命消失了。

虽然不知道那个孩子是男是女，但是父亲和孩子离开箱根和京都，在同一时间相互呼唤着死去，这是何等神秘的吻合啊。

如果有阴间的话，那颇具女态的少年——这位父亲，一定是怀抱着形体尚不完备的带血的婴儿彷徨在黄泉路上吧。

“我还是个孩子呢。”父亲嘟哝着……

百子确实也把竹宫当作孩子，没把他放在眼里。在某些地方有所麻痹。她做梦也没有想过要怀上竹宫的孩子。

这个少年离父亲这一称谓大概还相距很远。

这样的少年成为父亲，这大自然的生命力，或者说造物者的神力，使百子像被神圣的鞭子抽打一般大吃一惊。

但是，她打算生下这个孩子。当然，作为父亲的竹宫是不能指望的，是一个人的孩子就可以。而且，她准备离开父亲的家。

虽然对向竹宫坦率地说出来感到有些为难，但是也不能一直隐瞒到底吧。想和少年分手之后，才发觉自己有了孩子，这也是人生的讽刺。

百子被少年掐住脖子，感到很痛苦，猛然坦白有了孩子，又忽然感到孩子的父亲很可爱了。

百子早就知道竹宫听后会很吃惊，是不会那么轻易相信的。

竹宫以前从未怀疑过："不是我的孩子。我是不会受骗的。"

但是，竹宫听到那话以后，似乎对自己又有所怀疑。

百子即使做出可信的辩解，也不能切实证明自己的清白。不知是她的第几个少年的竹宫，也许和以前的少年西田一样，认为百子是妖妇。竹宫首先怀疑这是比自己年龄大的人的孩子，也许是必然的。

一直高高在上蔑视这个少年的百子，由于怀了孕而忽然位置颠倒过来，好像在下面被少年蔑视似的。

百子感到女人的脆弱。她不堪忍受。

就像第一次被启太拥抱，又很快被推开时一样。她想，自己生为一个蒙受男人莫大屈辱的女人，这是命运使然吧。

竹宫逃走，这是可恨的男人的任性。百子正怀着竹宫的孩子。

不生这个孩子，这是女人的自卫，是向男人的报复吧。

百子在医院收到了麻子的信。

但是，竹宫逃走并没有给人留下麻烦。他死了。也许是逃走了，但是自己死了。他的死给百子留下了一个谜。

那可能不是自己的孩子吧。也许少年是出于这一疑惑和嫉妒而自杀的。

竹宫断然说出那不是自己的孩子，也许是由于故作姿态的羞怯，实际上不是怀疑百子。也许是由于对当父亲的惊讶和恐惧，从而自我消灭了。

“是姐姐自己的孩子。我是幻影，或是幽灵。”

少年忽然说出这样的话，好像他不是人世上的人似的。

百子不能认定竹宫是孩子的父亲，因而感到自己像圣母马利亚受孕似的得了一个奇迹般的孩子。

由于百子没有料到自己也会成为母亲，所以说像奇迹一般。

百子对怀孕毫无思想准备，在惊愕和困惑之中感到自己像圣母，因而在京都的旅馆里听到竹宫少年的话，受了很大的打击。

百子住院，是启太的父亲办理的。

“百子小姐，哪儿感到不好吧。好像是太累了。在京都病了的话，由我负责。我有一个老朋友是名医，在这儿顺便进行一次健康诊断吧。”青木很自然地说。

水原也随声附和地说：“是啊。那么健康的麻子也伤了肋膜……”

青木领着医生来到旅馆，约好明天去医院。百子抬不起头来。

医生说，怀疑肺和肾脏有问题，而且是极度精神疲劳，要住三四天院，仔细检查一下。医生没有立即说是怀孕。年龄大的医生有经验，为了不让百子难堪，让她自然而然地领会到，现在说怀孕是不合适的。

百子也感觉到启太的父亲和自己的父亲——大人们——谈话上的技巧。这些人都很坦然。他们一开始就明白，肺也罢，肾脏也罢，只不过是借口而已。

青木和水原对百子的怀孕和手术都没有过问。百子想，真不愧是善于办事的人啊。二人都佯装不知。在手术前后的日子里，也没有给百子打电话。

这是为了把事情遮掩过去。

百子这才更清楚地知道，自己还完全是个孩子，到底比不上大人。平时，百子总是对大人的这种策略予以强烈的抗拒，而现在她很疲劳。失去了孩子，更使她茫然若失。

医生说百子精神疲劳，这一点恐怕是说对了。

百子在医院用的被褥和衣服，都是从青木家借来的。

“这是我死去的妻子的东西，已经放了好久，现在派上用场了。我说要尽量找一些鲜艳的衣服，可是很抱歉，因为是过去的东西，都很素淡。但是，那些老式花样，现代人穿上也还可以吧。”

青木说着，看了看百子的打扮。

青木的儿子战死了，儿子的女人怀了一个男孩儿的孩子。青木像对亲人般予以关照。百子对这些并不甚了然。

但是，百子本打算隐瞒起来，一想到父亲和青木都知道自己怀了孕，可能在背地里商量什么，便羞于见到青木。

百子怀孕以后，不知为什么，女人的羞涩使她变得温和起来，人工流产后，仍保留着这种温和。

二

水原回东京也延期了。

原因与其说是由于百子住院，也许毋宁说是由于竹宫自杀。

百子很后悔：早知稍过些时候竹宫就死去的话，让这个少年的孩子出生就好了。

这种无法挽回的寂寞，怎么说好啊！

是百子腹中孩子的死引发了父亲竹宫的死吧。这一奇怪的疑惑、神秘的恐怖，像刑罚一般纠缠着百子。

“姐姐，不要抛弃我呀。”

把这句话像口头禅似的挂在嘴边的少年，已经成了无法抛弃的人。

无论竹宫是为爱百子而死，还是为恨百子而死，或者在旁人看来，无论是百子和少年调情，还是百子玩弄少年，现在，所有这一切只能由活着的人肩负了

竹宫也和启太一样了。或者说，竹宫也和百子死去的母亲一样了。死去的人没有创伤，心灵的创伤仅仅属于活着的人。

百子本该三四天就能出院了，但是身体忽然衰弱下来，这使医生很吃惊。

精神疲劳，医生这一最初的诊断，后来似乎竟成了真。好像以前强行支撑着，现在忽然瘫软下来。

水原往医院打了电话，说后天回东京，所以要去医院看望一下。

“请不要来。求你，请不要来……”百子再三说道。

“是吗？可是，不去见见你就回去是不行的。喂喂，我不放心啊。”

“没什么不放心的。我现在不想见人，请让我安静一下，您理解吗？爸爸，请原谅……”

“是吗？反正也要回来接你的，现在就算了。如果我由于工作关系不能来的话，就让麻子来。”

“麻子？喂喂，我不喜欢麻子。我自己能回去。”

“那，你就自己回去吧。但是，要责怪你的吧，你没想到吗？”

“没关系。如果责怪的话，我自己责怪自己好了……”

“这样的事……打电话不行。我还是要去。”

“不要来。因为我是我母亲的孩子……”

父亲好像吃了一惊，电话听筒里忽然没有了声音。

“喂喂，现在，我和爸爸见面，嘴上又要随便说些讨嫌的话，自己也不愿意。”

父亲同意不去了。

水原回东京的第二天，启太的父亲来到医院。

没有时间涂口红的百子，嘴唇失去了颜色，脸颊也有些发硬。

但是，青木好像没发觉似的愉快地微笑着，说：“怎么样？麻子小姐来的信，顺便给你拿来了……”说着，用他那胖乎乎的圆手把信递给百子。

“谢谢。”

“你爸爸昨天回去了。我去送行的时候，他说请我关照百子小姐。可是，我向水原先生致谢，说我的事还要请百子小姐关照呢。”

“是吗？”百子冷淡地说，好像这些话与自己无关似的。

“可是，今天问了问医生，医生说百子小姐愿意什么时候出院，随时都可以。”

“啊？”百子感到好像引诱她出院似的。她看了看青木，低头说道，“我自己也是那么想的。”

“那好啊。”青木点头说，“出了院，在我那儿轻松地待几天。听说水原先生来接你……”

“谢谢。”

大人们到底是在安慰自己呢，还是在礼貌地对待自己？百子实难判断。百子以前一直任性，而一想到来这里后什么都受到大人的左右，心里似乎有一种要呼叫出来的愤怒。

“虽然从现在开始是京都有名的冷天，但是晚秋初冬的京都也很好啊。有人说更喜欢京都的冬天。”青木亲切地说，“在京都也赏赏雪景吧。”

百子望着窗外，说："出了院，想去一趟西山。从这扇窗子每天都看到西山的晚霞，就想到那里去看看。"

"是嘛。今天也有晚霞呀。"青木也说，"从岚山去嵯峨吧。说起岚山，脑子里就浮现出樱花和红叶相混杂的情景，好像是一处普通的名胜。可是在没有人的冬天去看看，我想会是蛮好的呢。是在今年五月吧，我自己从天龙寺的庭园后面登上龟山公园，沿着小仓山的山峰走在通往北嵯峨的路上。这对百子小姐来说可能有点受不了。"

百子把睡衣衣领掩得严严的。那棉袍，那披在外面的短外褂，还有病床上的被褥，都是青木的妻子年轻时的东西。

百子一想到这些也是启太母亲的东西，便感到有些抬不起头来。

"我回去了。你没什么事了吧。"青木从椅子上站了起来。

百子忽然叫住他，说："青木先生，京都有我们的妹妹，您从我父亲那儿听说过吧。"

"听说过。"青木回过头来，"那个被称为'大姐'的人，我还见过呢。"

"是艺伎吧？"

"是的。"

"我觉得麻子的这封信里一定写着京都的妹妹的事。"

百子嗫嚅片刻，说："能让我见见那个妹妹吗？"

"噢？我？……是啊。可以吧。跟对方说说看，想办法看看。”

青木留下这话走了以后，百子打开了麻子的信。但是，信里没有写京都的妹妹的事。好像麻子也不知道百子住院的事。

现在这时候父亲已经到家了，大概没有把百子的事告诉麻子吧。

百子出院了。她把从青木那里借的被褥、洗脸盆等物品带到青木家里。

两三天以后，她和青木去了岚山。二人在渡月桥前下了车。

“我打电话说好了，傍晚到‘子规’那里去。现在好像有点早，到对岸稍微走走好吗？”青木看着百子说。

百子点了点头。

“我记得小时候，吃过特别好吃的竹笋，那里就是‘子规’吧。”

“是‘子规’吧，”青木在渡月桥上走着，“百子小姐住院的时候，我刚看过电影《四大自由》，给我留下了难以想象的印象。那是一部反映美国为了四大自由而同德国、意大利作战并取得胜利的战争纪录片。最后希特勒和墨索里尼这两个独裁者都是和情人一起死的。希特勒在官邸的地下室自杀，没有发现尸体。但是，墨索里尼是在要逃往瑞士时被捉住处死的。他和情人的尸体都在电影中放映了。长着一张大脸的墨索里尼睁着大眼睛死了。看样子尸体好像有点腐烂。而且，两个人的尸体都被绑着倒吊。情人的上衣底襟卷到胸部，肚子露在外面。”

彩虹之路

一

那样的两个独裁者和年轻情人的死，使启太的父亲很吃惊，很震动。

“看到墨索里尼情人的肚子，我惊讶得要闭上眼睛。电影把她被倒吊着、上衣倒滑下来的场面都拍下来了。我想还不知能滑到哪儿呢，见上衣停在乳房下面，这才松了口气……”

百子要离开青木，靠近桥栏杆站住了。

“对不起。”青木好像注意到了，但是接着说，“这么惨的电影，真觉得受不了。可是，这种情况下的受不了有两个意思。第一个意思是凄惨、残酷、令人目不忍睹。另一个意思是感到墨索里尼那种丑陋的死比贪生更为有力，似乎是彻底的生，日本人是无论如何也比不上的。真了不起呀！”

青木好像说得还不够充分。

“像我们这样，或者建造茶室啦，或者观赏冬天的岚山啦，真不行啊。”

“不过，现在也没有来看岚山的人哪。”

除了青木和百子外，渡月桥上一个人也没有。

“不过，过了红叶季节以后的岚山也不错吧。”

“嗯。有些冷清……”百子望着下游说，“红松的颜色真美，像在绿叶上染上了一层深蓝。”

河的左岸是并排的松树，右岸是稀疏的平原松林。百子望着这些松树。河对岸的岚山红松也很多，后面的龟山、小仓山也是松山。

河下游野草枯黄的岛上，两个地方冒着烟。

在东山见到了那里的烟。

“下游不远，大堰川就成为桂川了。上游是保津川吧。岚山前面把水拦住的地方叫大堰川……”

青木像催促百子似的走着。

“百子小姐，做‘十三参拜’了吗？”

“没有。”

“关西参拜者很多吧。‘十三参拜’的日子是四月十三日，正是这里樱花盛开的时节，所以法轮寺的虚空藏那里很热闹呢。”

只有桥前头稍高处法轮寺的多宝塔像刚刚涂上鲜艳的颜色，兀自立在那里。

青木又谈起“三船祭”。据说为追忆王朝公卿以诗、歌、管弦等三船游乐的雅兴，新绿时节举行船祭。据说在红叶时节，天龙寺船和角仓船也都出来。

但是，冬天河水的颜色让人难以想象乘船游乐。被拦住的河水不见流动，既深且静，尤显出冬天的颜色。

过了渡月小桥，青木说："我们再稍微走走吧。"说完，沿河岸拐向右边的小路。

这是游览岚山的路，但还是连一个人也没有。从桥上俯视的河水就在身边。

"能见到河底的岩石呢，"百子停下脚步说，"虽然好像很深……"

透过深水清晰可见的岩石令人感到有些神秘。一群小鱼在岩石的上面游动。

"你不冷吗？刚刚出院……"青木说。

"不冷。前些时候您来，说我愿意什么时候出院都可以，一下子就有精神了。"

"那不是我说的，是医生说的。"

"噢。我是有些娇惯吧。"

"那……不是正相反吗？百子是在过分地折磨自己，这我们都见到了。"

"不。"百子摇了摇头。

"是那样的。"青木笑了笑，"百子小姐的事且当别论，有人以为由于自己折磨自己，社会就不再去折磨他了。其实未必是这样。在我们看来，正与此相反。把'社会'这个词换成'命运'

也可以。把社会和命运连在一起说，我们这些俗人也是能够理解的。无疑是这样，因为把个人的命运和社会分开，只能是孤单的。”

“噢？……”

百子不知如何回答才好。

“这话，也对我父亲说过？”

“说过一点。”

“不过，我没折磨自己呀。有时那么想过，但是我现在很清楚，不是那样的。”

“但是，百子小姐没有任凭别人安排过自己吧？”

百子的脸热了起来，被羞愧的火燃烧着。

“别人？……这次承蒙关照，感到很惭愧，未能致谢。”

“现在没想说这件事。因为就这样回到东京，你也许又把折磨自己的沉重负担当作礼物带回去了。你爸爸和我打算好好安排你，你不感到悔恨吗？”

“只是悔恨自己。自己的耻辱由自己……”

百子停下不说了。

“那就任凭别人安排吧。你的内心也要这样啊。”

百子没有回答。

但是，这是能任凭别人安排的事吗？

现在，在百子的心里，羞耻比悔恨更为强烈。

如果说是父亲和青木等大人让百子中了狡猾的计谋的话，

那么知道中计的百子不是更为狡猾吗？百子对迫不得已时自己的狡猾感到像死一样自我厌恶。

本来是父亲和青木装作若无其事，现在连自己也装作若无其事了。

百子想，自己这样顺从地被青木带到岚山，也是装作若无其事的继续。

出院到了青木家里，这恐怕不是知道羞耻的女人做得出来的吧。她失去了自我，听任别人安排。

既然听任了别人，就听任到底吧。百子也知道这似乎是青木打算说的话。

毋庸置疑，百子有毫不抗拒和反抗的打算，心里觉得空荡荡的。青木的关心使她很感激，感到自己好像投靠了青木。

“真不应该死啊，启太……”青木说，“死去的人一切都要被宽恕，因为已经不能追捕和惩罚。而且，不向死去的人问罪，这也许是现在还活着、不久也将死去的人确信的道理。但是，难道不该让死去的人承担罪责吗？我是这样想的。”

“不过……”百子没有接着往下说。

启太的父亲知道启太和百子之间的什么事了吧。

“不过，我母亲也是自杀的呀。您从我父亲那听说了吧？”

“听说了。所以，就让你母亲和启太承担罪责吧。”

“什么罪责？”百子故意反问道。

“活着的人的一切痛苦……”

“是让他们都到地狱去？”

“你想让启太进地狱吗？”

“不。”

百子摇了摇头。

“为了不让所爱的人进地狱，自己活着反而进地狱，这样的情况也有吧。我有时也这么想。人的罪恶和苦恼，没有一个是自己创造和发明的。一切都是模仿前人，从前人那里继承的。这些不都是死人留下的传统和习惯吗？”

“还是小鸟好吧，小鸟几千年、几万年都在建造同样的巢……”

“因为小鸟中没有水原先生那样的建筑家。”青木笑着说，“总之是死去的人不好。我曾经替启太向你致歉。我想，不为死人开脱罪责，活人之间，还是互致谢意为好。”

“所以，就来照顾我？”

“那就让我照顾你吧。”青木压低了声音，“一见到你，我总是要说起启太的事。我想，仅从这一点来说，我对你无论什么都想帮助。我想请你在我家赏京都雪景和过年。我也对你爸爸说好了，请他除夕到这里来，元旦早晨回去。因为你爸爸说每年都是在收音机里听京都除夕的钟声，想在京都实地听一次……”

“我和父亲再来。”

百子态度暧昧地说。百子对把自己托付给青木而单独回去的父亲感到难以理解。这不是懦弱吗？

或者，父亲是为了不让麻子知道孩子的事而带着百子到京都来，把她留在京都的吧？

百子似乎感到无家可归。

“即使夏二在，夏二是夏二，启太是启太，是不能替代的。”

青木好像又想起了启太。

百子看到河岸的小树倒映在水中。这是什么树呢？那细小的枝条像网眼一般互相纠缠着，被清晰地描画在水里。岸上的树，枝条的样子难以看清，而在水里，那微妙的树枝的线条却清晰可见。似乎不是映照在水里，而是生长在水里。虽然是一种普普通通的树，却让人感到水的妖气。

百子像是被吸引住似的看着，说：“这样瓦蓝的清澈见底的水，在东京是想象不出来的。”

一抬头，见到对面的山也映照在水中。林立的红松树干也像在水里似的，那颜色比在山上见到的更为新鲜。

在长有红松的山麓，河边临川寺的土墙倒映在水里。

“已经完全是冬天的景色了。”青木也看着倒映在河水里的山说道。

“据说前几天东京下雹子和霰了。妹妹来信说，雹子和霰停了以后，出彩虹了……虽然不知道在什么地方，但是她说，在宽阔的柏油路上走着，道路的正前方悬挂着大大的彩虹，她朝着彩虹的中心走去。”

百子读信时有这样的感觉：难道麻子不是和夏二两个人朝

着彩虹走去的吗？现在百子也是这样想的。

但是，她没有对夏二的父亲说。

和夏二的父亲——亦即启太的父亲——走在岚山林荫小路上的百子，不由回顾起能够这样走在这条小路上的自己。

上游的悬崖峭壁和岩石群在近处展现眼前，两岸的岚山和龟山也迎面而来。

在道路伸向稍稍高起的树荫的地方，百子停下了脚步。

青木说："就走到这儿，我们回去吧。"

"好吧。"

见到了对岸燃烧枯叶的火焰。那里竖着一面布旗。

"那就是'子规'。百子小姐，我把你要见的京都的妹妹叫来了……"

"哎哟！今天？"百子严肃地说，"如果定了今天，为什么不事先说呢？真够受。这不是突然袭击吗？"

"很抱歉。我本想让你和她突然见面，大吃一惊的，但还是告诉你了。"

"我还是比不上大人啊。"

"实在是……但是，今天是否能来，还不一定。刚过中午就和'大姐'说了，还没得到回话儿，我就出门了……"

百子默默地走在前面。

比睿山出现晚云，东山隐没在烟霭之中。近处的小仓山周围，淡淡的雾气也从树间涌出。

二

“哎呀！”

百子被让到“子规”的房间，不由惊叫了一声。

在京都艺伎舞见到的那位小姐，原来是京都的妹妹呀！

若子非常认真地看着百子。

“不认识吧？”青木说。

“唉。在互相还不认识的时候见过。”

在百子的对面，若子和她母亲从坐垫上下来。

“欢迎！这是若子。”

母亲介绍过女儿以后，说：

“我，是菊枝。”

“我是水原百子。”

“啊……”菊枝又一次鞠躬，“这次……怎么说好呢……”

由于菊枝没有说下去，青木对百子说：“实际上，我也是和两位初次见面。”

“得到您很多照顾，托您的福……真不知怎么感谢才好。”

“哦，如果上次能见面，不是很好吗？”百子问道，“若子小姐在南座，就知道是我们了吧？”

“是的。”

“为什么？”

“通过给大谷先生的名片……”

“哎哟，是啊。是给那个婴儿的爸爸的？”

“是的。”

“若子小姐发现是我们，就逃走了吧？是这样吗？”

菊枝感到很窘，对女儿说：“不是逃走，是很吃惊。”

“逃走也没关系。即使我是若子小姐，也会逃走的。”

“她不应该逃走的。为她设身处地地想想，她的心都要跳出来了。今天她也说害羞，不想来。现在这样，我更害羞，但是她自己一个人不来……”

百子坦率地说：“我也不是自己家里的孩子，您知道吧？”

这是指她不是在父亲家出生的孩子，也不是正妻所生的孩子。菊枝立即明白了这层意思，不由垂下眼帘。

“小姐是在自己家里长大的……”

“那是因为我母亲死了。”

“你说这话，我也死了就好了。”

“那——您去问问若子小姐好了。”百子轻轻回敬了一句，“哪个幸福呢？……”

“是啊。如果说起幸福，是很复杂的，有时即使不幸福，但也很好啊……”

“是吗？譬如说，把若子小姐领回家来？”

“没有的事儿。怎么能考虑那事儿？”菊枝有些惊慌，似乎有所警惕。

菊枝想，今年春天，水原曾经说过这话，今天也是这话。

但是，她决定把在大德寺和水原相见的事隐瞒起来。

“劳你这么挂念，真是不敢当。有其父必有其女啊。”

“妹妹麻子比我还挂念呢。去年年末，她自己一个人到京都找若子来了。”

“啊……”

这事，菊枝从水原那儿听说过，也告诉了若子。

“那时候没有发现，我倒想说感到很幸运。因为人都各自生活……”百子看着若子说，“若子小姐，这样初次相见，觉得我是姐姐吗？……”

“唉。”

若子仍低着头，不由红了脸。

若子的眉毛和睫毛细弱而整齐，淡淡的茶色眼睛，十分令人怜爱。百子想起了对她说过难听的话。现在，百子扪心自问，有些惭愧。

“若子不是初次啊。”菊枝对若子这样说了一句后，说，“在京都艺伎舞见面时，她就知道是姐姐了。已经有半年了，她心里总出现你的身影。能当妹妹，做梦都想……”

“那就当好了。至少对妹妹麻子来说……那时候，麻子知道了自己的妹妹，不知该多高兴啊。麻子对若子小姐抱着的婴儿也很体贴吧。”

“是的。大谷先生很佩服。”若子说。

“麻子对大谷先生也很佩服呀。”百子笑了。

“是大谷先生很佩服。若子从南座回来，说她是一位温柔漂亮的小姐，眼睛总是这样亮亮的，夜里也睡不着觉了。‘是吗，那太好了。’我这么说。我想这真是办了件好事。她和小姐的身份不一样，这个孩子在自己涉渡人世之河。当受到难为或心情不好的时候，一想起东京的姐姐，心里就得到安慰。我对这个孩子的心情虽不十分清楚，但是我将心比心，是这么想的。水原先生也是一样……我在很早以前就被先生抛弃了，尽管这样，我还是由衷地崇敬先生，涉过了人世之河。”

菊枝眼里噙着泪花。

“和东京的姐姐来往，或者指望东京的姐姐，这些若子都不需要，只是心里想着那里有一位温柔漂亮的姐姐。”

百子似乎无言以对。

“若子小姐现在和父亲有几年……”

“从幼儿时起，已经有十二三年没见面了。”

“是吗？”

“去看大德寺的大山茶时，若子还摇摇晃晃走不稳呢。”菊枝回头看了看若子。

“我不记得了。”

“你和父亲见面吧。”百子对若子说。

菊枝低下头，说：“你说得很好。因为小姐已经这样见面了。所以我们要大大方方地等着先生的心情好转。若子，你也不要这样害羞了。”

百子默不作声。

菊枝回想起若子曾经含着眼泪为到大德寺去见父亲的母亲送行的情景，自己也泪眼汪汪的。

青木招呼女用人准备晚饭。

“为姐妹干杯吧！”青木说。

“是啊，”百子犹豫地说，“姐妹，这是怎样的姐妹呢？三个人都不是同一个母亲……”

但是，百子还是端起酒杯，催促似的看着若子。

然而，若子没有端酒杯。

“为什么？不愿意？我说的话得罪你了？”

若子摇了摇头，但是仍然没有端酒杯。

菊枝也没有劝若子，只是看着若子说：“在艺伎的街上喝这样团聚的酒，是不是不愿意呀？”

“是吗？还是不要演这样的戏了吧。”百子也放下了酒杯。

菊枝的辩解很巧妙，然而若子真的是那样想的吗？百子感到怀疑。

百子感到若子拒绝干杯，其中贯穿着一种纯洁而激烈的感情。

“爸爸没有见到，白费啊。”

百子说着，突然站起来，打开拉窗，说：

“岚山也沉浸在暮色中了。”

冬季干枯的树木之间传来流水的声音。

图字：09－2016－537 号

图书在版编目（CIP）数据

彩虹几度 /（日）川端康成著；孔宪科译 .—上海：
上海译文出版社，2020.11
（川端康成作品系列）
ISBN 978－7－5327－8523－0

Ⅰ. ① 彩… Ⅱ. ① 川… ② 孔… Ⅲ. ① 长篇小说－日
本－现代 Ⅳ. ① I313.45

中国版本图书馆 CIP 数据核字（2020）第 177725 号

彩虹几度 虹いくたび	[日]川端康成　著 孔宪科　译	出版统筹　赵武平 责任编辑　张　鑫 装帧设计　尚燕平

上海译文出版社有限公司出版、发行
网址：www.yiwen.com.cn
200001　上海福建中路 193 号
山东韵杰文化科技有限公司印刷

开本 890 × 1240　1/32　印张 7.5　插页 5　字数 78,000
2020 年 11 月第 1 版　2020 年 11 月第 1 次印刷

ISBN 978－7－5327－8523－0/I · 5244
定价：49.00 元